DIE DREI SUPER BRILLEN

Thomas Krüger

Die drei Superbrillen

Wo ist Professor Nitroglitz?

LEUCHT-
TURM
??
SCHROTTPLATZ
LAUSE
WAFFEN-
FABRIK
(VERFALLEN)
ALTE
KRÜPPEL-
KIEFER
GOLF
KNIEBELSTEDT

"GROLLFELD"
MILITÄR-
FLUGHAFEN
"PERISKOP-
TANNE"
LIFTWURM
ca. 15 KM
BISAMRATTE
(ROBO-TETRAPOD)
LAUSE-
INSEL
GOLFPLATZ
CA. 500 METER
"COOLATORIUM"

DSB
3

Thomas Krüger

Die drei Superbrillen

Wo ist Professor Nitroglitz?

Illustriert von Der Anton

cbt

cbt

Kinder- und Jugendbuchverlag
in der Verlagsgruppe Random House

MIX
Papier aus verantwortungsvollen Quellen
FSC
www.fsc.org
FSC® C014496

Verlagsgruppe Random House FSC® N001967
Das für dieses Buch verwendete FSC®-zertifizierte Papier
Super Snowbright liefert Hellefoss AS, Hokksund, Norwegen.

1. Auflage 2015

Illustrationen von Anton Riedel
Umschlaggestaltung und Motiv: Anton Riedel
Dieses Werk wurde vermittelt durch die literarische
Agentur Thomas Schlück GmbH, 30827 Garbsen
TP · Herstellung: kw
Satz: Uhl + Massopust, Aalen
Druck und Bindung: GGP Media GmbH, Pößneck
ISBN: 978-3-570-16356-6
Printed in Germany

www.cbt-buecher.de

Für Ed, Pina, Niklas & Verena
und alle Kinder, die gern die Welt retten

Mit herzlichem Dank an Tanja (für alles!)
und Frank Schaffrath (für *Fimum bubulum*)

DAS HAMSTERRAD QUIETSCHT UND DIE ERDE BEBT

Unser letztes Abenteuer war echt das gefährlichste.
Und das spannendste!
Einmal stand Chip sogar Schweiß auf der Stirn. Ich meine: SCHWEISS! Maximilian von Seidel, genannt CHIP, war AUFGEREGT. Hatte diesen seltsamen Glanz am Kopf. Er, das legendäre Technik-Ass. Das Gehirn. Die Denkmaschine. Der Coolator-Träger Nummer eins. Chip SCHWITZTE. Und zwar an Bord des Riesen-U-Bootes, als wir vor dieser Tür standen, hinter der wir… Na, ich will nicht zu viel verraten.
Mein Name ist übrigens Leo, aber ihr dürft mich KISTE nennen. Und Julius heißt Uli oder NUDEL. Weil er so lang ist wie eine Stabhochsprung-Makkaroni.
CHIP (also Maximilian oder Max) und ich – also KISTE (oder Leopold oder Leo) – und NUDEL (oder Julius oder Uli) sind DIE DREI SUPERBRILLEN.
Kompliziert?
Nee, das ist nicht kompliziert. Wenn ihr uns mit Coolator-Brillen auf der Nase seht, wisst ihr, was ich meine. Mit Coolator sind wir nicht zu schlagen.

Der Coolator sieht nicht nur cool aus wie die coolste Sonnenbrille, die du dir vorstellen kannst. Der Coolator verwandelt dich in einen Helden. Wenn du diese Brille auf der Nase hast, bist du plötzlich groß und mächtig, und jeder nimmt dich ernst. In Wirklichkeit bist du natürlich noch immer genauso so klein wie vorher. Du hast noch immer denselben wuscheligen Haarschnitt. Und du hast womöglich noch immer einen Streifen Nutella vom Frühstück an der Backe, aber das sieht keiner. Denn mit Coolator bist du für Erwachsene ein Erwachsener. Ein wichtiger Erwachsener. Ein Chef. Ein Bestimmer. Ein Mann mit Geld und Einfluss.

Wenn ich den Coolator trage, bin ich nicht KISTE, sondern mindestens ein PANZERSCHRANK! Und wenn mich dann ein Erwachsener sieht, sagt er: »Oh, wie schön, Sie zu treffen! Darf ich Ihren Rolls Royce putzen? Möchten Sie ein Glas Whisky oder vielleicht eine Zigarre?« Egal wo du bist. Sogar in England bist du mit Coolator-Brille DER KING.

Super, oder?

Und der Coolator kann noch viel mehr. Ihr werdet's sehen!

Der Erfinder des Coolators ist der Vater von Max: Johann Nepomuk von Seidel. Ein echtes Genie! Er hat ALLES erfunden, was die Superbrillen zur coolsten Bande der Welt machen: den Coolator, den Torpophin, den Falkokopter, das Black-Shadow-Phone und noch vieles mehr.

Was das ist? Ein Torpophin? Ein Falkokopter?

Erklär ich später.

Erst mal muss ich euch noch kurz was zu Maximilians Vater erzählen. Johann Nepomuk von Seidel ist nämlich fast nie da. Als Supererfinder ist er meist in der Welt unterwegs. Und die Mutter von Max, Serafina von Seidel, ist seit Jahren verschollen. Sie liebte Abenteuer, war immer auf irgendeiner Expedition. Ich glaube, sie ist mit einer Johann-Nepomuk-von-Seidel-Rakete

Richtung Mars geflogen, und… tja, auch ein Erfindergenie macht mal Fehler.

Jedenfalls ist Serafina von Seidel verschwunden, unterwegs zum Sternbild „Verrückte Nudel“ oder so, und Max ist oft allein. Da kam Johann Nepomuk auf die Idee mit dem Hauptquartier, dem Coolatorium, in dem Max jetzt wohnt. Sein Papa dachte, er muss Max helfen, sich ohne Erwachsene durchs Leben zu schlagen. Deshalb hat er all die genialen Erfindungen nur für

Max und seine Freunde entwickelt. Die Freunde, das sind Nudel und ich. Und wir gehen mit Max durch dick und dünn. Ich geh durch dick und Nudel durch dünn.
Kleiner Scherz.
Aber zurück zu unserem Abenteuer.
Ich träumte grad wie blöde von einem Riesenbagger, der unser Hausdach gefressen hatte und mit einer Pistole durch die Gegend ballerte. Fragt mich nicht, wie ein Baggermaul eine Pistole halten kann. Dieser Bagger konnte es jedenfalls. Und er zog schneller als Lucky Luke. Ich sprang hinter eine Topfblume in Deckung und **ZADÄNGGG!** Ein Feuerstoß, und der Topf zersprang in tausend Scherben. Die Blume kippte um. Grizzly, mein Goldhamster, hüpfte in meine Hosentasche und bekam fast einen Herzinfarkt. Ich aber hechtete schon wieder weiter. Ich musste den Kugeln ja ausweichen!
PENG! Das Bild von Spiderman an meiner Zimmerwand. Zehn Zentimeter neben meinem linken Ohr. Mitten durch Spidermans Brust. Pech für dich, Superheld.
PIOING! Die Stiftesammlung auf dem Schreibtisch. Wie eine Bowlingkugel ging der Schuss da durch. Knapp an meinem Arm vorbei. Puh!
RABAMMM! Das Aquarium. Glatter Durchschuss. Jetzt hatte der Goldfisch Theo ein kreisrundes Loch in seiner Flosse. Das tat ihm zwar nicht weh, aber er guckte trotzdem erschrocken. Ihm wurde nämlich das Wasser knapp.
Was ist eigentlich das Gegenteil von Ertrinken?

Erlüften?

Das passierte gerade mit Theo und dann …

Ich wachte auf. Oh Mann, ich hatte doch tatsächlich ALLES verpennt und nur geträumt. Alles schien wie immer: kein Bagger. Das Zimmer lag im Dunkeln und auf dem Radiowecker leuchtete 2 Uhr 25. Es war also mitten in der Nacht. Grizzly machte seinen nächtlichen Hamsterrad-Dauerlauf und quietschte vor sich hin. Ich musste das Ding unbedingt mal ölen. Das Hamsterrad, nicht den Hamster, meine ich. Theo schlief in seinem Aquarium ohne Loch. Und ich …

Das Telefon.

Na klar, das Telefon! Langsam fand ich zurück in die Wirklichkeit. Das war das Geräusch des ultracoolen Black-Shadow-Phones: ein Spezialphone, das nur Max, Julius und ich besitzen. Das Black-Shadow-Phone kann alles, was ein Telefon können muss – und noch viel mehr. Selbst wenn ich auf dem Mond aufgewacht wäre, hätte mich Max dort erreichen können, denn …

RIIINNG!!
RIIIINNG!!!
RIIIINNNG!!

Ja doch!!!

Also, ich griff, nachdem ich endlich wach war, zum Phone auf meinem Nachttisch und drückte auf IGNITION. Übersetzt heißt das: Zündung. Also: START, LOS GEHT'S, FEUER FREI oder so.

Plopp – das Display leuchtete auf. Max war zu sehen.

GENERVT.

»Salutos Cratos. Mosjana bunka tak dompa dongi dongi utschi …!«

HÄ?

Max bemerkte, dass ich ihn ansah wie ein Kaktus einen brummenden Rasierapparat.

»Cratatos? Baka baka tonti tintotonta zacka raddatza?«

Was quatschte der denn da? Ups, dann fiel's mir ein: Oh Himmel, war ich blöd. Der Sprachknopf. Das Black-Shadow-Phone konnte alle Sprachen der Welt und sogar alle Sprachen des Universums übersetzen. Ich hatte das Ding auf Andromedanisch stehen lassen, weil ich irgendwie das Gefühl hatte, nachts könnten vielleicht ein paar Aliens aus der nächsten Galaxie anrufen. Und so einen Anruf wollte ich auf keinen Fall verpassen. Als Max dann ins Phone sprach, dachte das Phone natürlich, Max spräche Andromedanisch. Tja. Sprach er aber nicht.

Also KLICK, das Phone umgestellt. Und sofort röhrte Max los: »Ja, was denn? Schläft der Herr etwa noch? Da bollert eine Mega-Eruption durchs Land und du zersägst Kissen?«

Mega-Eruption? Musste der Angeber immer mit Fremdworten um sich werfen?

»Äh«, sagte ich, weil mir nichts Besseres einfiel. Bei so was ist ÄH immer gut…

»Äh… weißt du, wie spät es ist?«

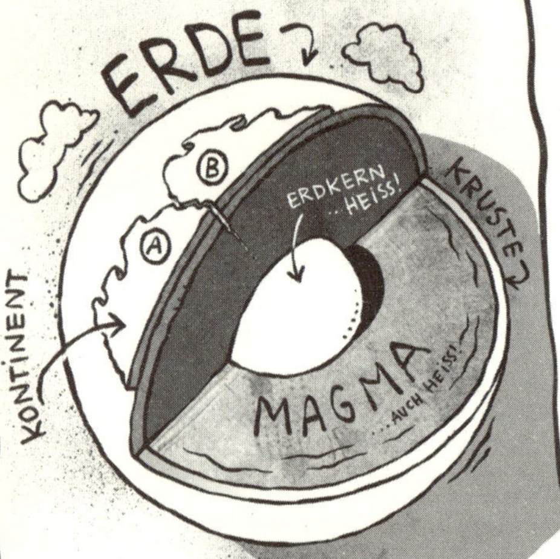

ERDBEBEN

Die Erde ist eine Art Wackelpuddingkugel mit einer Kruste. Tief in der Erde gibt es zähe Bewegungen. Dort ist es sehr heiß. Weil sich die zähe Masse in der Erde immer ein bisschen bewegt, bewegen sich auch die ERDPLATTEN, aus denen die harte Schale, die ERDKRUSTE besteht. Die Erdplatten (A und B) reiben aneinander, werden gegeneinandergedrückt oder driften voneinander weg. Wo sie gegeneinander drücken, entstehen im Laufe von Millionen Jahren GEBIRGE. Wo sie auseinandergezogen werden, entstehen tiefe Spalten. Und dort, wo sie aneinander reiben, verhaken sie sich manchmal, und irgendwann rappelt es. Das ist dann ein Erdbeben.

»Natürlich weiß ich das. 2 Uhr 29. Ein Erdbeben allerdings schaut nicht auf die Uhr.«

»Wie …?«

»Erd-be-ben. Auf Englisch: earth-quake. Französisch: un séisme. Soll ich noch Chinesisch? Wickel dich in deine Klamotten. Ich vermute, wir kriegen gleich mächtig Arbeit.«

Zack – aufgelegt.

So ein Hempel, dachte ich. Aber mir war klar, dass ich jetzt keine andere Wahl hatte. Ich musste zu Max. Ins Coolatorium. Um 2 Uhr 32. Wie gut, dass wir Herbstferien hatten und dass Papa und Mama bei Oma übernachteten. Die kamen erst am Nachmittag wieder.

Uns blieben also knapp zehn Stunden.

Schnell zog ich mich an: schwarze Hose, schwarzer Pulli, schwarzer Anorak, Coolator-Brille – die Uniform der Superbrillen. Der Anorak war nötig, weil es draußen kalt war wie Vanilleeis. Außerdem hat der Anorak ein paar Besonderheiten. Aber mehr dazu später. Den Coolator steckte ich in die Anoraktasche.

PEDOBLASTER & LIFTWURM

Ich ging runter in den Keller, wo mein blödes Fahrrad stand, öffnete die Tür, schob das Rad raus, machte die Tür wieder zu und stand draußen.

2 Uhr 34.

Kniebelstedt, die Stadt, in der Chip, Nudel und ich wohnen, schlief tief und fest. Es war stockfinster. Mindestens sieben Grad minus waren es. Gut, es war vielleicht nicht GANZ SO kalt, aber mir war verdammt ungemütlich. Trotz Superbrillen-Anorak. Also schwang ich mich in die Pedale und flitzte los. Das Coolatorium, unser Hauptquartier, liegt ungefähr sieben Kilometer entfernt von unserem Haus, versteckt auf einer Insel, der Lause-Insel oberhalb von Kniebelstedt. Die Lause-Insel heißt nicht deshalb Lause-Insel, weil sie eine besonders lausige Insel ist, sondern weil der Fluss durch Kniebelstedt Lause heißt.

Allerdings ist die Lause irgendwie schon ein lausiger Fluss. Lausig kalt und lausig dreckig. Und er fließt durch eine lausige Gegend mit einer alten, verfallenen Waffenfabrik und einem knorrigen Tannenwald voller toter Bäume und einem riesigen Autofriedhof mittendrin. Auf der anderen Uferseite liegt der

Militärflughafen von Grollfeld, und der sieht genauso aus, wie er heißt.

Um 2 Uhr 35 trat ich in die Pedale, und zwar so heftig, dass der Asphalt unter den Reifen meines blöden Fahrrads schmolz. Ich raste die Straße rauf, legte mich mit halber Überschallgeschwindigkeit in die Linkskurve, flitzte am Spielplatz vorbei und beschleunigte dermaßen stark, dass die Luft an meinen Ohren anfing zu glühen. Bei kalten Ohren ist das gar nicht so übel.

Und dann erreichte ich Lichtgeschwindigkeit.

O. k., ich übertreibe, aber was ich hier *das blöde Fahrrad* genannt habe, ist in Wirklichkeit eine Art Blitz auf Rädern, ein PEDOBLASTER.

Der Beweis kommt JETZT:

Ich schob das blöde Fahrrad am Straßenrand hinter eine Hausmauer und guckte mich um. Niemand war zu sehen. Dann zog ich den Coolator hervor, setzte ihn auf die Nase, zuckte mit der Nasenspitze dreimal links, eins Komma fünf Mal rechts, zog die Nasenlöcher zweimal kurz hoch und dann:

ZSZSS!
ZOSCHHH!
ZAWUMM!

Das blöde Fahrrad streckte sich. Der Sattel legte sich tiefer, wurde länger. Der Kinderlenker verwandelte sich in einen Eins-A-Turbobike-Stummellenker. Ein Motor mit mindestens 7000 PS wummerte wie ein Gewitter unter dem Superbike. Und fertig war der Pedoblaster. Der Coolator war bei dieser Verwandlung übrigens in einen turbogeilen Helm mutiert. Ich nahm auf der Maschine Platz und röhrte davon.

RRROAAARR!!!

Innerhalb weniger Sekunden war ich an der Kaserne vorbeigebrettert, schlitterte an der nächsten Straßenmündung in den Waldweg, der zum Fluss führt, und zog eine metertiefe Furche in den Matsch. Dann hatte ich das Lause-Ufer erreicht und bremste.

¡¡EEEEEK!!

Alles duster. Sternklare Nacht. Die Ziffern meiner beleuchteten Digitaluhr zeigten 2 Uhr 41 an. Jede weitere Verzögerung hatte ich jetzt Chip zu verdanken.
Wo war der Eingang?
Das Coolatorium ist ein ABSOLUT GEHEIMES HAUPTQUARTIER. Niemand darf wissen, wo es sich befindet, geschweige denn, wie man reinkommt. Deshalb verändern wir den Eingang jedes Mal. Aber wenn ich Chip richtig verstanden hatte, dann war etwas Schreckliches passiert. Ein Erdbeben und so. Also musste ich SOFORT ins Coolatorium. Doch wo war jetzt dieser blöde LIFTWURM? CHIIIIIIP!!!
Ihr wollt wissen, was ein Liftwurm ist? Erkläre ich gleich. Wichtig bei einem Liftwurm ist vor allem der Kopf mit dem MAUL. Um zum Coolatorium zu kommen, brauchte ich unbedingt das Liftwurm-Maul.

Ich stand also da, den Coolator auf der Nase und beobachtete das Gelände. Die Lause gluckerte vor sich hin. Am Flussufer stand eine einsame, tote Krüppelkiefer. Hinter ihr begann der Wald mit dem Autofriedhof mittendrin. Ich konnte die Periskop-Tanne sehen. Sie überragt die anderen Bäume auf der Insel und an ihrer Spitze versteckt befindet sich eine megaempfindliche Überwachungslinse.

Von der Tannenspitze aus kann Chip aus dem Coolatorium heraus ALLES beobachten. Und wahrscheinlich beobachtete er in diesem Moment MICH und lachte sich kaputt.

MIST!

Meine Nase zitterte vor Ärger. Es war jetzt 2 Uhr 50. Wertvolle Zeit verstrich. Ich hatte das Black-Shadow-Phone schon in der Hand, um CHIP, diesen Blödmann, anzurufen, da fiel mir plötzlich …

BINGO!

… die Katze auf. Da saß eine Katze im Gras. Ganz nah am Wald. Eine graue Katze, deren Augen …

Moment mal, das war gar keine Katze. Das war eine Bisamratte.

Aber eine Bisamratte mit roten Leuchtaugen?

»WAS IST DAS?«, befragte ich mit heftigem Nasenzucken den Coolator.

Die Antwort kam prompt: *Ondatra zibethicus.*

Und das heißt: Bisamratte.

Dank Coolator kann ich vermutlich bald Lateinisch sprechen. Ich weiß immerhin schon, was *Amanita phalloides* bedeutet (Knollenblätterpilz, ACHTUNG: TÖDLICH GIFTIG) oder *Erinaceus europaeus* (Igel, NICHT ANFASSEN). Leider kenne ich auch *Fimum bubulum* (Kuhfladen, VORSICHT, NICHT REINTR...) – Blotsch. Da war's auch schon passiert. Letzte Woche. Voll reingestiefelt. So eine dämliche Idee aber auch, dass der Coolator die wissenschaftlichen Namen ZUERST nennt.

Na, zurück zur Bisamratte: Das mysteriöse Tier saß am Waldrand und guckte mich mit seinen gespenstisch rot glühenden Augen an. Und plötzlich wuselte es los. Sssssst-brrrrrrr, ein Stück Richtung Fluss. An einer Mulde blieb es stehen und guckte wieder zu mir. Rotes Leuchten. Blink – Blink – Blink. Ich stutzte

und nahm den Coolator ab. Das Blinken war verschwunden. Und plötzlich fiel es mir wie Schuppen aus den Haaren: Das Vieh war ferngesteuert! Derjenige, der die Bisamratte eingesetzt hatte, hieß CHIP. Und derjenige, der die Steuerung bediente – weil er ein echt guter Fernsteuerungsbediener ist –, hieß NUDEL!

Heiliger Spagettiknoten, das war ein Robopod! Ein Robo-Tetrapod, um genau zu sein: ein vierpfotiger Roboter. Die Bisamratte sollte mich zum Wurmmaul führen!

Ich setzte den Coolator wieder auf, der Rattenrobo blinkte noch immer wie ein bescheuerter Fehlalarm. Als ich bei der Mulde ankam, vibrierte schon der Boden.

BRRRRRRRRRRR.

Das Erdbeben!, dachte ich – aber nur eine Sekunde lang. Denn sofort riss der Erdboden in der Mulde auf, und ein Riesenkopf tauchte auf, um mich zu fress …

AAAAAAAAAAAAHHH!!!!

Quatsch. Das war – TATAAA! – der Kopf des Liftwurms! Den Wurm müsst ihr euch als lange, total biegsame Röhre vorstellen. Die Röhre hat einen Durchmesser von etwa zwei Metern. Am Ende der Röhre verdickt sich das Teil zu einem riesigen Bohrkopf. Damit bohrt sich der Liftwurm durch den Erdboden.

WOSCHHH!!!

Wie gesagt: Der Boden riss auf und …

»Steig ein!«

Chips Stimme schnarrte aus Lautsprechern am Wurmkopf. Und dann öffnete der Kopf sein Maul. Ich blickte auf den Fahrsessel des Liftwurms.

Im Inneren der Röhre, müsst ihr wissen, ist nämlich eine Art Fahrstuhl-Kabine eingebaut. Rund wie eine Kugel ist die, mit einem schicken Sessel drin und Anschnallgurten. Innerhalb von nur zehn Sekunden hatte ich den Pedoblaster in der Pedoblaster-Halterung der Kabine platziert, mich in den Sessel gesetzt und mich angegurtet. Das Wurmmaul schloss sich wieder. Der Bohrer begann zu heulen. Alles vibrierte wie verrückt und ich spürte Bewegung.

Magenumdrehende Bewegung.

Magen-Herz-Leber-Nieren-und-Gehirn-verknotende

Beweee ee e ee e.....

BRRRROOOOOAAAAAAAH!!!

Der Wurmkopf verzog sich unter die Erde. Aber nur ein paar Dutzend Meter, denn er verursachte nicht nur einen Höllenlärm, sondern auch heftige Erschütterungen. Sämtliche Erdbebenstationen würden diese Erschütterungen wahrnehmen und eine Armee

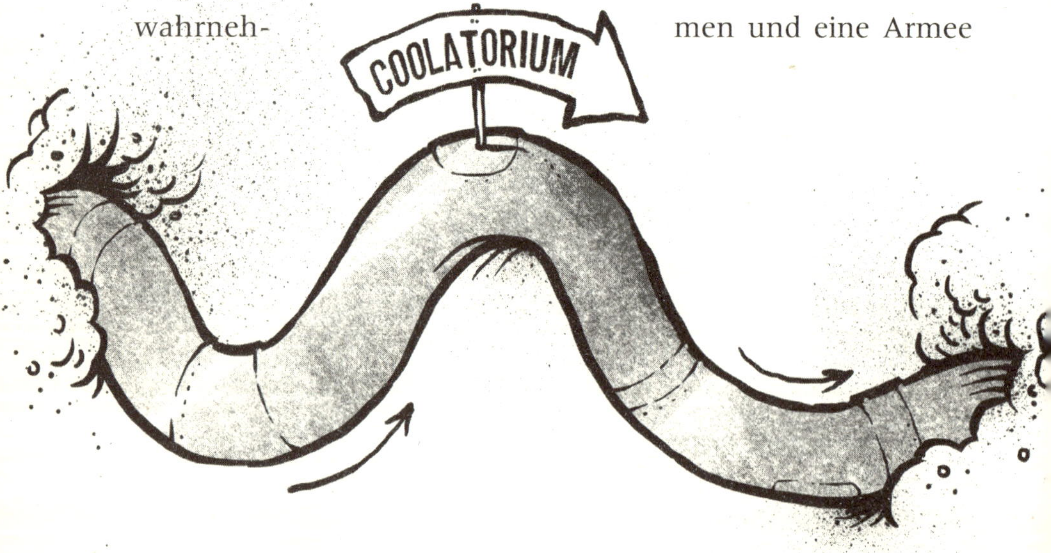

von Erkundungsfahrzeugen vorbeischicken. Nein, danke.
Um zu viel Erschütterung zu vermeiden, sauste allein die Fahrkabine zurück bis zum Coolatorium, wie eine Art Rohrpost. Mit mehr als hundert Stundenkilometern. Chip hatte den Weg des Liftwurms natürlich wie eine Achterbahn angelegt. Mindestens zwei KNOTEN in der Röhre durchsauste ich. Das war jedes Mal wie ein Looping mit FULLSPEED! Wie gut, dass ich wenigstens angeschnaaaaaaaaaaaallt war. Und dann, nach einer gefühlten Ewigkeit:

BREEEEEEEEEE …
…EEEEEEEEMS!!!

RAWUMM, ruckte ich in die Sicherheitsgurte. SSSSST – öffnete sich die Kabine. Ich sah Licht, buntes Flackern, vier Füße. Dann zwei Typen. Mir war schwindelig und übel. Ich hätte Chip und Nudel jetzt am liebsten auf ihre Schuhe gekotzt, aber stattdessen glotzte ich in ihr blödes Grinsen.

»Na, dann dürftest du ja endlich wach sein, Kiste. Beeil dich. Müller-Piep wird sich gleich melden.«

Typisch Chip. Keine Spur von Mitleid. Ich schnallte mich ab, brachte Magen, Herz, Leber, Nieren, Gehirn irgendwie in Ordnung und taumelte in die Zentrale.

BURP!
...KURZE
KOTZ-
PAUSE
UND DANN:

BEI MÜLLER-PIEP PIEPT'S

Das COOLATORIUM müsst ihr euch als unterirdisches Labor vorstellen: eine uneinnehmbare Festung fünfhundert Meter unter der Lause-Insel. Es enthält einen großen Kommandoraum und einige Spezialkammern und liegt exakt unterhalb der Periskoptanne.

Zum Coolatorium gehören ein zentraler Computer und Schleusenpulte für den Torpophin und den Falkokopter.

Nudel saß am Periskop und beobachtete die Umgebung. Alles war ruhig. Chip wies zum großen Bildschirm gegenüber dem Liftwurm-Einstieg. Da leuchtete eine Karte mit einer Zielscheibe darauf.

Eine Zielscheibe?

Ich guckte Chip fragend an.

»Das Erdbeben«, sagte er.

Plötzlich fiel mir etwas ein. Weshalb hatte ich das nicht schon eher bemerkt? Ich nahm den Coolator ab. Dann sah ich Chip durchdringender an, als ich es MIT Coolator je gekonnt hätte.

»Es gab kein Erdbeben, Chip«, stellte ich fest. »Kniebelstedt schläft tief und fest. Nicht mal ein Vogelbaby ist über ein Regenwürmchen gestolpert und aus seinem Nest gefallen.«

Jetzt hatte ich ihn echt überrascht. Er sagte nix.

»Bist DU durch die Stadt gefahren oder ich?«, sagte ich, um seine Verwirrung noch ein bisschen zu steigern. Chip wohnt ja im Hauptquartier. Er hatte also garantiert nicht gesehen, wie ruhig es in Kniebelstedt war.

»Keinerlei Anzeichen für ein Beben?«, fragte er.

»Exactly«, gab ich zur Antwort. »Gibt's eine andere Erklärung für das da?«

Ich zeigte zur Wand. DAS DA war der Bildschirm mit dem Kartenbild drauf: Zu sehen waren die Straßen von Kniebelstedt, der Wald, der Autofriedhof, die alten Fabriken, der Flugplatz und natürlich die Lause. Bis zur Mündung. Auf der linken Seite war die Karte blau. Blau wie das Meer. An der Küste neben der

Lausemündung lag der Totmann-Felsen mit dem rot-weiß geringelten Leuchtturm drauf. Tja, und links neben dem Leuchtturm, also mitten im Blau, kringelten sich Kreise. Wie auf einer Zielscheibe. In der Mitte der Kreise sahen wir …

NICHTS.

Die Kreise legten sich um nichts als Meerblau. Kein Schiff war dort eingezeichnet, keine Insel, kein Felsen, kein Rettungsboot. Nicht mal ein verirrter Container oder eine schwimmende Schnupftabaksdose. Nichts.

»Da liegt das Epizentrum des Bebens«, meinte Chip nachdenklich. »Da im Meer, ziemlich genau am Meeresboden, in etwa 700 Meter Tiefe, hat's gerummst. Dort haben sich die Erdplatten gegeneinandergeschoben, und …«

In diesem Moment meldete sich das zentrale Phone des Hauptquartiers:

Unser zentrales Telefon hat einige besondere Eigenschaften, die es – wem wohl? – Johann Nepomuk von Seidel verdankt. Das Phone verrät zum Beispiel den Standort des Anrufers. Ganz gleich, von wo aus jemand anruft: Kein Geheimversteck ist vor ihm sicher. Immer blinkt auf dem zentralen Bildschirm des Coolatoriums ein Punkt, genau dort, wo sich der Anrufer befindet. Das ist meist sehr hilfreich.

Nicht ganz so hilfreich ist eine zweite Eigenschaft des Phones. Es hat seine Launen.

Die dritte Eigenschaft ist aber die beste: Das Phone kann Gedanken lesen – die Gedanken desjenigen, der am anderen Ende der Leitung spricht. So verrät es uns immer die Wahrheit. Wenn uns jemand am Telefon Lügen erzählen will: KEINE CHANCE. Allerdings müssen wir manchmal unsere Gehirnzellen anstren-

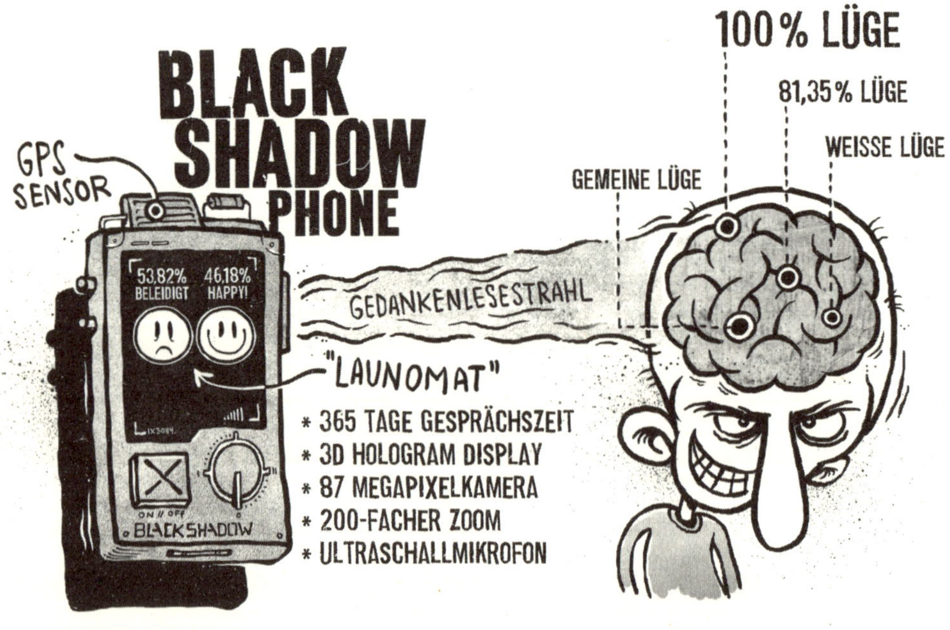

gen, um rauszufinden, was das Phone meint. Denn es ist ja – wie gesagt – launisch und verrät nicht immer alles so einfach, wie wir uns das wünschen.

Als es nun »MÜ-PI-MÜ-PI!!« heulte, wussten wir sofort, dass Geheimagent Müller-Piep am anderen Ende saß und mit uns sprechen wollte. Zweitens wussten wir, dass er sich ganz in der Nähe aufhielt. Im Tower des Militärflughafens.

Müller-Piep ist eine ziemliche Brezel, wenn's ums Denken geht. Beim Geheimdienst ist er zwar ein hohes Tier. Aber ohne unsere Hilfe würde er wahrscheinlich am einstelligen Sicherheitscode einer Hamsterkäfigtür scheitern. Als Chip das Gespräch angenommen hatte, erschien das Bild von Müller-Piep auf einem der Displays, die zum Computer des Coolatoriums gehören.

»Müller-Piep hier«, kam seine Stimme aus den Lautsprechern der Zentrale. »Spreche ich mit Agent von Seidel?«

»Am Apparat«, sagte Agent von Seidel – also Chip. Er musste grinsen. Nudel und ich mussten ebenfalls grinsen. Müller-Piep machte auf obercool, saß mit Hut und Regenmantel am Telefon in einem kleinen Büro des Militärflughafens. MIT HUT UND REGENMANTEL. Aus welchem Agentenfilm hatte er das denn?

»Sind Sie allein?«, fragte er. Er hatte sich den Agentenhut so tief in die Stirn gezogen, dass seine Augen fast verschwanden.

»Agent Schulze-Beckmann und Agent von Panzer sind bei mir«, sagte Chip. Agent von Panzer bin ich. Agent Pansmeier, mein eigentlicher Nachname, meint Chip, klinge ein bisschen nach Streichelzoo.

»Gut«, sagte Müller-Piep. Er weiß, dass wir immer zu dritt auftreten. Und er brauchte uns drei, wie sich bald herausstellen sollte.

»Die Regierung hat einen kleinen Auftrag für Sie«, fuhr er fort. Seine Stimme klang jetzt heiser, wie Katzenpfoten,

die ein verbranntes Toastbrot bearbeiteten. Müller-Piep sah sich in seinem Büro um, als würde er unter seinem Schreibtisch eine Abhöranlage vermuten. Oder eine fette Katze auf einem kohlrabenschwarzen Brot.

»Ich höre«, sagte Chip. Das sagt man, wenn man mit einem Geheimdienstmann mit Hut spricht, der was sagen will.

»Jemand versucht, die Regierung zu erpressen«, sagte Müller-Piep und lachte ein kratziges Toastbrot-Lachen. »Ha – Ha – Ha! Die Sache ist an sich völlig lächerlich. Eine Bande von pupsfrechen Möchtegern-Kriminellen hat Wanja, den Lieblingsteddy der Tochter des Präsidenten, entführt und fordert unverschämte Mengen Lösegeld. Wir haben die Lage selbstverständlich unter Kontrolle und könnten die Lümmel jederzeit hopsnehmen. Aber wegen eines Teddybären Panzer, Raketen und Hubschrauber einsetzen? Na, wie sieht das denn aus? Sie verstehen? Und Wanja, äh, der Teddy, darf ja auch nicht schmutzig werden. Die Armee ist da meist nicht vorsichtig genug. Tja, deshalb bittet die Regierung Sie um Hilfe. Ich würde die Sache ja gern selbst regeln, doch ich sitze grad mit Schwimmring am Strand von Teeny-Bikini und genieße meinen wohlverdienten Urlaub. Da die Sache ja eher eine Kleinigkeit ist, dachte ich … äh …« Jetzt druckste er rum, weil er totalen Käse erzählte. »Ein kleines Problem könnte es allerdings geben. Die Superkriminell …, äh, ich meine, die lächerlichen Lümmel drohen damit, den Teddybären in die Luft zu sprengen, wenn sie das Lösegeld nicht bis mittags zwölf Uhr bekommen. In die Luft sprengen geht natürlich gar nicht. Das würde die Tochter des Präsidenten nicht wollen. Daher möchte ich Sie bitten, sich zu beeilen, sonst …«

Er zögerte. »Sonst was?«, fragte Chip.

Nudel und ich nickten. Genau, dachte ich, nun schmier mal Butter auf dein verbranntes Toastbrot, Müller-Piep. Lass endlich die Luft aus deinem Schwimmring. Aber er zierte sich. Statt auf Chips Frage zu antworten, sagte er:

»Wir vermuten die Lümmel in Sektor AN 602, Planquadrat MT 50, Bravo-Bravo. Beeilen Sie sich. Die Tochter des Präsidenten wird es Ihnen danken. Und falls Sie auf unerwartete Schwierigkeiten stoßen sollten, bitte ich unverzüglich um Meldung.«

Klick.

Aufgelegt.

Nudel und ich starrten uns an. Chip hingegen starrte den Bildschirm an, auf dem Müller-Piep wenige Sekunden zuvor in Toastbrotschwarz verschwunden war. Solch einen Unsinn wie gerade eben hatte uns Müller-Piep noch nie erzählt.

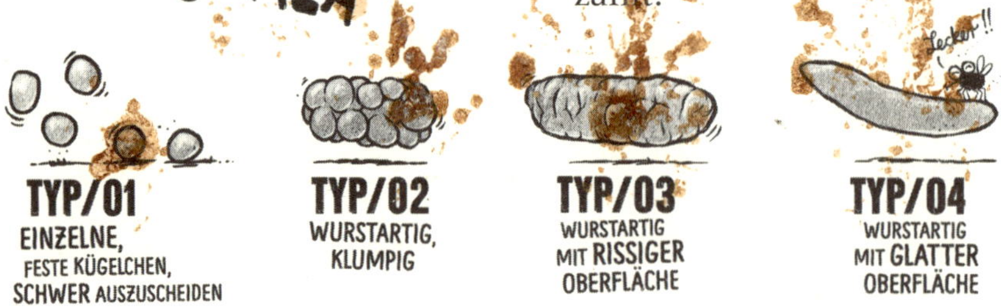

Der Blauwal ist der Rekordhalter mit Würsten, die 25 cm breit und viele Meter lang werden können. Manchmal sind sie rosa, weil Blauwale gern rosa Shrimps essen.

Sein Gequatsche von Schwimmringen und einem Teddybären namens Wanja ließ nur einen einzigen Schluss zu: Müller-Piep saß so richtig in FIMUM BUBULUM. Und zwar in einem Riesenhaufen FIMUM BUBULUM STINKO BOMBASTICO. *
Aber was verbarg sich hinter seinem Anruf?
Um das Telefongespräch gemeinsam zu analysieren, war erst einmal das zentrale Phone dran. Zum Glück war es heute nicht sehr launisch und zeigte uns das Gespräch ohne Murren noch einmal – mit Bildern, die Müller-Pieps Gedanken verrieten. Plötzlich war er überhaupt nicht mehr cool. Er schwitzte. Seine Augen flackerten. Seine Stimme klang nicht mehr nach Katzenpfote auf verbranntem Toastbrot. Nein, Müller-Piep klang wie eine Maus, die Schiss vor einer Katze mit Mörderpfoten hatte. Und er sagte Dinge, die er uns niemals, NIE, NEVER, freiwillig verraten hätte:
»Wir haben total versagt!«, piepste er, »Ich habe keine Ahnung, was ich tun soll! Eine unbekannte Bande von Superkriminellen hat große Mengen Sprengstoff aus einem hochgeheimen Regierungslager entwendet.

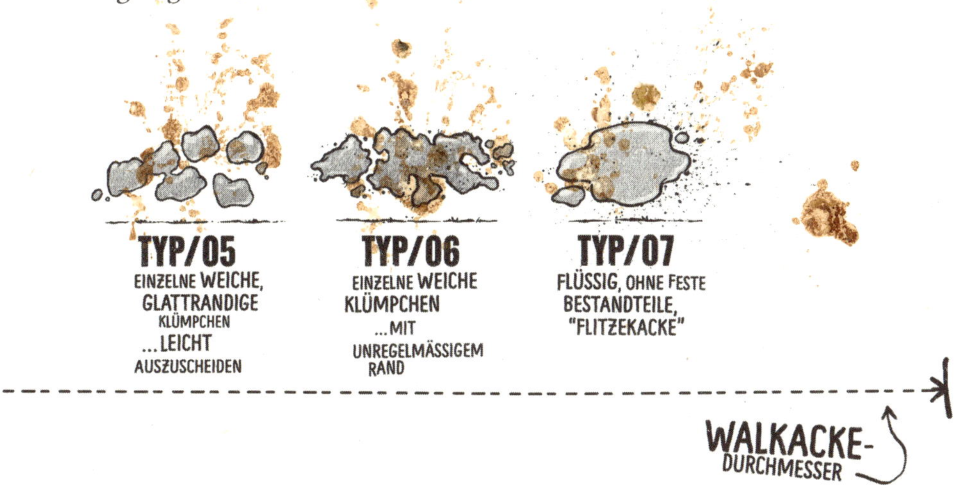

Wir haben den Sprengstoff viel zu schlecht bewacht. Sie fordern Geld – eine Multimilliardensumme – und dazu die Formeln des Geheimsprengstoffs. Das geht ganz und gar nicht! Und das Schlimmste ist: Die Superkriminellen haben auch Professor Nitroglitz entführt. Er hat sämtliche Formeln für den Supersprengstoff bei sich. Sollten die Erpresser das herausfinden, dann hätten sie die Welt in ihren Händen! Der Sprengstoff ist eine hochgefährliche Waffe, gefährlicher als alles bisher Bekannte! Die Regierung kann unmöglich auf die Forderungen der Superkriminellen eingehen. Sie drohen mit …« Dann kam die Stelle mit Schwimmring und Teeny-Bikini. Und was er danach noch sagte, stimmte im Wesentlichen mit dem überein, was wir schon gehört hatten: »Sektor AN 602, Planquadrat MT 50, Bravo-Bravo. Beeilen Sie sich.«

Ja, wir mussten uns wohl beeilen. Mit Supersprengstoff war nicht zu spaßen.

»Ich glaub's nicht«, sagte Nudel. »Der Mann hat 'n Knall. Der hat ja totalen Blödsinn erzählt.«

»Der sitzt voll in der Soße«, meinte ich. »Und wie immer meint er, uns veräppeln zu können, wenn er uns um Hilfe bittet. Hält der uns für Kinder oder was?!«

Jetzt mussten Chip und Nudel grinsen. Und Chip meinte: »Ist eben immer dasselbe, Kiste. Sie unterschätzen uns. Das kennen wir doch. Viel schlimmer aber ist was anderes.«
»Was denn?« Nudel und ich schauten ihn interessiert an.
»Wir sitzen mit ihm zusammen in der Soße. Denn in neun Stunden passiert irgendwas unvorstellbar Furchtbares.«
Da hatte er recht. Supersprengstoff. Um zwölf Uhr. Oh Mann, dann würden meine Eltern schon fast wieder vor der Tür stehen.
»Also los!«, rief ich: »Analyse!«
Unsere Gehirne arbeiteten rasend schnell. So schnell wie der Computer des Coolatoriums. Sektor AN 602, Planquadrat MT 50, Bravo-Bravo war genau der Mittelpunkt der Kreise, die noch immer auf dem großen Bildschirm flimmerten. Es war der Punkt, an dem sich angeblich das Erdbeben ereignet hatte.
Befand sich dort etwa der Schlupfwinkel der Super-Erpresser?
»Ich vermute was anderes«, sagte Chip.
»Dort hat es eine Explosion gegeben, nicht wahr?«, ergänzte ich. Chip nickte.
»Exactly«, sagte er. »Eine Warnung, um Müller-Piep zu zeigen, dass sie es ernst meinen. Eine ziemlich fette Explosion. Am Meeresgrund.«
»Dann sitzen die Erpresser sicher ganz woanders, oder?«
Das kam von Nudel. Er hatte sich wieder ans Periskop gesetzt und hielt die Beobachtungslinse an der Spitze der Periskop-Tanne nach Norden gerichtet, zum Militärflughafen hin.
»Hey!«, rief er plötzlich, »Hubschrauber!«

»Hubschrauber?«

Zack – hatte Nudel das Periskopbild auf den großen Bildschirm gezaubert. Tatsächlich, vom alten Militärflughafen starteten Hubschrauber.

»Müller-Piep?«, fragte ich. War der etwa gleich mit mehreren Hubschraubern gekommen? Einen für sich, alle anderen für seine Schwimmringe?

Da stimmte was nicht. Und dann meldete Nudel auch noch Lastwagen, Militärlastwagen, die vom Flughafen losfuhren.

»Hauen die alle ab, oder was?!«, rief Nudel verdattert.

Er hatte den Nagel so was von auf den Glatzkopf getroffen: Die verdrückten sich.

»Stell die Linse mal Richtung Kniebelstedt«, rief Chip. Nudel drehte die Tannenspitze nach Süden und guckte zur Stadt. Alles ruhig. Kniebelstedt schlief noch immer. Nirgends war Licht.

Ich lief zum Schaltpult des Zentralcomputers und drückte den Knopf für den Funkwellen-Seismolator. Das ist eine Art Riesenohr, mit dem wir checken können, ob es viele Funkgespräche in der Umgebung gibt.

Nix da. Total tote Schlafmütze. Niemand telefonierte. Niemand rief die Polizei oder die Feuerwehr an wegen Alarm oder so. Während der Militärflughafen geräumt wurde, schnarchte Kniebelstedt.

»Die überlassen Kniebelstedt seinem Schicksal!«, rief Chip. Nudel und ich hatten uns das auch schon gedacht.

»Die haben eine Heidenangst und verduften einfach! Die befürchten eine Explosion, die hier alles vernichtet!«

Wir waren total empört. Ohne die Menschen in Kniebelstedt zu warnen, machten sich die Leute vom Militärflughafen aus dem Staub. Vermutlich waren es Geheimdienstfuzzis wie Müller-Piep und Generäle und Sesselpups-Experten von der Regierung und so. Die hätten den Menschen helfen sollen.

Was für Feiglinge!

»Los!«, rief Nudel. »Wir müssen …! Wir müssen …!«

»Wir müssen die Ruhe bewahren«, unterbrach ihn Chip.

»Aber wir müssen die Schufte finden und die Explosion verhindern! Wenn die da unten am Meeresboden 'ne Bombe gezündet haben, dann verstecken sich die Typen vielleicht … äh … auf einem Berg! Ganz weit weg!«

Ich sah Chip an. Nudel hatte recht. Da war was dran. Chip hatte seine Denkerstirn in Falten gelegt. Sein Supercomputer namens Gehirn arbeitete auf Hochtouren.

»Mag sein«, sagte er. »Aber wenn die uns so

richtig reinlegen wollen, machen sie genau das Gegenteil von dem, was wir erwarten.«

»HÄ?«

Ein Nudel-HÄ. Dem konnte ich mich allerdings voll und ganz anschließen.

»HÄ?«, sagte also auch ich. Dann aber klingelte es in meinem Kopf.

»Moment, du meinst, die … die Sprengstoff-Klauer verstecken sich extra dort, wo die Bombe …!«

»Exactly«, sagte Chip und lächelte.

»Dann sollten wir den Torpophin nehmen«, ergänzte ich und wollte schon losrennen zur Schleuse.

Doch noch bevor Chip zustimmen und mir folgen konnte, rief Nudel: »Nein, Zangenangriff! Der Leuchtturm hat soeben ein unbekanntes Signal gesendet. Ein Lichtsignal!«

Chip und ich schauten uns an. Nudel lag diesmal absolut richtig. Auf den Leuchtturm hatten wir gar nicht geachtet. Sein Blink – Blink – Blinkblink – Bliiiiink hatte

gewechselt. Aber wem galt dieses andere, unbekannte Signal? Das mussten wir rausfinden. Zangenangriff also!

NK

KBLINK...

IIIIINK

JETZT ABER ERST MAL

~~INKEL~~PINKELPAUSE!

(GANZ WICHTIG!)

DENN DANACH HEIẞT ES:

PROPELLER, DÜSEN & ROTOREN

Flugzeuge, Hubschrauber, Raketen brauchen ANTRIEBE. Am schnellsten fliegt ein Flugzeug mit DÜSENANTRIEB. Aber auch LUFTSCHRAUBEN sind prima. Es gibt PROPELLER (für Flugzeuge) und ROTOREN (für Hubschrauber). Das Prinzip ist einfach: In Düsentriebwerken wird ein Gasgemisch verbrannt. Dabei entsteht ein gigantischer RÜCKSTOSS – der treibt das Flugzeug an. Propeller und Rotoren erzeugen durch Drehung und ihre spezielle Form einen AUFTRIEB. Wenn der Propeller (der Rotor) nach oben gestellt ist, geht's hoch. Guckt er nach vorn (PROPELLERFLUGZEUG), geht's voran.

WIR FLIEGEN LOS BEZIEHUNGSWEISE, WIR TAUCHEN AB

Nudel nahm Anlauf, schwang sich durch die Luke und war Richtung Torpophin-Becken verschwunden. Unsere Sportskanone würde den Torpophin in weniger als zwei Minuten gestartet haben, die Tiefenschleusen öffnen und dann losflitzen, am Grund des Flusses entlang bis ins Meer.
Zielkoordinaten: AN 610, TU 95, Echo-Tango, 01.
Das bedeutete: Sehrohrtiefe, direkt neben dem Leuchtturm.
Chip und ich bewegten uns ETWAS langsamer zum Falkokopter. Ich zwängte mich auf den Pilotensessel des Kopters und Chip nahm am Bordrechner Platz.
»Nebelwurf?«, fragte ich.
»Nebelwurf!«, bestätigte Chip. »Sicher ist sicher.«
Anders als beim Torpophin, der unter Wasser startet und schon allein deshalb getarnt ist, mussten wir mit dem Falkokopter Sicherheitsmaßnahmen ergreifen. Auch in der Nacht. Vielleicht war drüben auf dem Militärflughafen eine Kamera installiert, die verdächtige Bewegungen direkt zum Geheimdienst meldete.
Ich löste also den Nebel aus.

Ein Knopfdruck auf den Fog-Button und ZOSCHHHH strömte aus Hunderten von Nebelwerfer-Disteln klebriger Dunst. Viele der Disteln auf der Insel sind getarnte Nebeldüsen und gar keine echten Disteln. Der Nebel zog mit dem leichten Wind flussabwärts, wie eine Wolke. Ich verfolgte die Entwicklung auf dem Foggographen des Kopters. Das ist so was wie ein Nebelradar. FOG heißt auf Englisch nämlich NEBEL. Der Foggograf zeigte die Ausdehnung der Nebelwolke und alles, was sich außerhalb der Wolke befand. Wäre ja nicht so praktisch, aus der Wolke heraus im Direktflug gegen eine Hauswand zu klatschen oder so.

Schon nach wenigen Minuten hatte sich die Lause-Insel in einen riesigen nächtlichen Wattebausch verwandelt und der Foggograph gab grünes Licht. Wir konnten losfliegen, ohne dass jemand sehen würde, wo wir gestartet waren. Tarnung ist alles.
»Rotor einschalten«, rief Chip vom Platz hinter mir. »Zielkoordinaten: AN 610, TU 95, Echo-Tango, 88.«
Das bedeutete: 30 Meter über dem Leuchtturm. Wir kamen also von oben, während Nudel mit dem Torpophin von unten kommen würde: Zangenangriff.
Mit leisem Fauchen wirbelten die Rotorblätter los. Der Falkokopter ist fast so lautlos wie ein Wiesel auf Gummifüßen. In wenigen Sekunden war die Maschine den Startschacht hochgestiegen, dann öffnete sich der Schachtdeckel, und wir schossen nach oben ins Freie, hinein in die Wolke. Sofort gab ich Schub,

ließ den Kopter in etwa 20 Meter Höhe flussabwärts fliegen, immer noch in der Wolke. Alles lief bestens.

Der Falkokopter trägt einen besonderen Tarnanstrich, der funktioniert wie eine Chamäleon-Haut und wird vom Chamäleon-Modul aus gesteuert. Wenn der Falkokopter über dem Meer fliegt, dann sieht seine Außenhaut aus wie gekräuselte Wellen mit Heringen und Makrelen drin. Über einem Kartoffelfeld wird er kartoffellaubgrün. Na, und bei wolkenlosem Schönwetterhimmel leuchtet er blau. Blau wie Mamas fürchterlicher Halloween-Lippenstift.

Zum Glück herrschte jetzt Dunkelheit. Der Falkokopter raste, mausgrau wie der Nebel selbst, über die Lause in Richtung der Mündung. Kurz vor der Küste verließen wir die Nebelwolke. ZZZZZZTTT! waren wir von sternklarer Nacht umgeben. 3 Uhr 45 zeigten die Leuchtziffern auf den Armaturen. Wieso war ich eigentlich nicht müde?

Ganz einfach: Wenn wir ein Abenteuer erleben, sind wir IMMER hellwach. Und jetzt war es so spannend, dass die Nacht KNISTERTE.

Quatsch. Der Bordfunk knisterte. Nudel! Er saß im Torpophin und hatte das Meer erreicht. Er war jetzt irgendwo tief unter uns.

»Torpophin an Kopter. Hier ist alles klar. Äh, ich meine, das Meer ist grau wie verkochte Erbsensuppe. Die Fische schlafen, und das Schweinswal-Baby, das ich grad angestupst hab, hat sich auch wieder beruhigt.«

»Lass die Schweinswale in Ruhe«, warnte Chip. Seine Stimme klang ein bisschen nervös.

In der Ferne konnte ich den Leuchtturm sehen: BLiNK – BLiNKBLiiiiNK – BLiNKBLiNKBLiNK – BLiiiiiNK

Aber hoppla. Das war doch ein total falsches Signal, da war ich mir sicher! Jeder Leuchtturm hat nämlich eine bestimmte KENNUNG, also einen Rhythmus, in dem das Licht an der Leuchtturmspitze leuchtet. So wie eine Taschenlampe, die man in einem bestimmten Takt an- und ausknipst. Und der Rhythmus des Lause-Leuchtturms war IMMER ein anderer gewesen. Sehr mysteriös!

Nudel quasselte weiter:

»War ja nur ein Spaß«, knisterte seine Stimme. »Noch zwei Seemeilen bis zum Leuchtturm. Ich mache einen kleinen Umweg, komme ein bisschen später.«

»WAS?«, fragte Chip besorgt. Ach du je, dachte ich. Nudel war in seinem Element. Nudel ist nämlich nicht nur sportlich, sondern auch ziemlich leichtsinnig. Auf dem Foggographen, der nun den Standort des Torpophins anzeigte, drehte ein Leuchtpunkt eine wilde Kurve und entfernte sich vom Leuchtturm. Richtung offenes Meer.

Zum Sektor AN 602, Planquadrat MT 50, Bravo-Bravo.

Nudel wollte zum Ort der Explosion!

»Spinnt der?!«, rief ich. Der Kopter bekam einen Schreck und das Chamäleon-Modul des Bordcomputers verpasste dem Fluggerät kurzzeitig eine Gänsehaut. Gänsehaut jedoch lässt den

Kopter aussehen wie einen Seeigel. Und Seeigel können NICHT FLIEGEN!

»Schrei nicht so!«, schrie Chip.

»Selber!«, rief ich. Zum Glück kannte der Kopter uns und die Gänsehaut verschwand trotz unseres Rumbrüllens schnell wieder. Chip fluchte wie ein Rohrspatz.

Doch Nudel hörte nicht auf ihn. »Stell dich nicht so an«, knisterte seine Stimme wieder. »Hier unten ist alles easy!«

»Alles easy« ist ein typischer Nudel-Spruch.

Der Falkokopter stand nun ganz in der Nähe des Leuchtturms in der Luft – geräuschlos und in Sternenhimmeltarnung. Der Bordcomputer versuchte zu entschlüsseln, ob der Turm eine geheime Botschaft funkte. Wie gesagt: Die KENNUNG war das nicht, was da blinkte. Da ging irgendwas ab. Aber was? Auf dem Bildschirm des Computers erschienen nur Zeichen, die uns nervten: Fragezeichen.

Mist, der Computer versagte. Was ging hier vor?

»Irgendwie kommt der Rechner durcheinander«, sagte Chip.

»Mit den Blinksignalen?«

Seltsam, dachte ich. Sooo kompliziert sind Leuchtturmsignale ja nicht.

»Nein«, sagte Chip. »Da kommen noch andere Signale. Irgendwas antwortet auf den Leuchtturm.«

»Ein Schiff?«

»Kiste, du bist eine echte Schatzkiste!«, rief Chip. »Das ist es! Schiffe!«

»Welche Schiffe, oh heiliger Sankt Mikrochip?«, fragte ich. Auf dem Foggographen, der jetzt ein normaler Radarschirm war, war nichts zu sehen. Weit und breit kein Schiff. Nur der Lichtpunkt des Torpophins, der inzwischen am Explosionsort angekommen war. Aus dem Bordlautsprecher kam kein Knistern. Ich fragte mich, ob Nudel dort was Geheimnisvolles, was Ungewöhnliches oder was total Rätselhaftes fand.

Oder was Hochgefährliches?

Plötzlich ging ein Licht in meinem Kopf an: ein Licht, so hell wie das Licht eines hundert Meter hohen, geringelten Leuchtturms.

FLASHHHHHHHHHH!!!

UAAAAAAAH!!!

Ich wurde geblendet! Der Falkokopter machte einen Luftsprung, weil ich den Steuerknüppel ruckartig nach hinten zog.

»Vorsiiiiicht!«, gellte Chips Stimme. Der Falkokopter war zu tief Richtung Leuchtturm geflogen und VOLLE GLOTZE in den Strahl des Leuchtfeuers geraten.

AAAAAARGH!!!

Wenn die uns jetzt nicht entdeckt hatten, dann … Normalerweise hilft die Chamäleon-Tarnung des Kopters, die sogar Radar an sich abgleiten lässt. Aber wir befanden uns MITTEN IM BANNSTRAHL DES LEUCHTFEUERS!!!

»Weg hier, schnell!«, rief Chip.

Klick – Klick – Klick – flitzten meine Finger über die Tasten des Kontrollboards. Und in meinem Kopf bimmelte eine Alarmglocke. Denn mir war ja DOCH ein Licht aufgegangen. Vielleicht hatte der Leuchtturm das ausgelöst.

Mir war was aufgefallen:

»Die verstecken sich gar nicht!«, rief ich.

»Was?!«, kam es von Chip zurück.

»Diese Sprengstoff-Erpresser! Sie verstecken sich nicht!«

»HÄ?«

Jetzt wurde es unheimlich. HÄ kam sonst nur von Nudel und mir. Auf den Beobachtungsinstrumenten des Kopters war nichts zu sehen. Kein Verfolger. Diese Bande fühlte sich dermaßen sicher, dass …

»Chip, verstehst du denn nicht? Ein Leuchtturm, der in der Nacht falsche Signale sendet: DAS SIEHT DOCH JEDER! Wenn die den Leuchtturm als Signalgeber benutzen, dann zeigen sie, dass sie sich nicht verstecken müssen, weil …«

»… weil sie den Sprengstoff haben und alles bedrohen. Keiner traut sich an die Schurken ran!«

Chip hatte es kapiert. Ich war stolz wie ein Ampelmännchen bei Grün. »Vielleicht sitzen sie oben im Leuchtturm und veräppeln die Schiffe …«

»… die aber nicht da sind!«, setzte ich hinzu. »Die haben hier alles evakuiert und die Zone um den Leuchtturm gesperrt. Hier ist niemand weit und breit. Kein Schiff. Nichts.«

Und weil bei niemand weit und breit das Ampelmännchen in meinem Kopf auf Rot sprang, sauste mein Blick auf den Foggo-Radarschirm.

Der Torpophin war NICHT MEHR DA!!!

»ALAAAAAAAAAAAAAAAAAARM!!!«

Nudel war verschwunden.

Chip und ich sahen uns ratlos an.

»NUDEL!? NUDEL, BITTE KOMMEN!!«

Absolute Nudelstille.

Oh nein, dachte ich. Und ich achtete nicht mehr auf die Höhenanzeige des Kopters: 120 – 110 – 100 – 90 – 80 – 70 Meter …

Wir sanken!

Plötzlich knallte es. Es wurde blitzhell.

Glühende Lichtschwerter bohrten sich durch das Cockpit. Die Helligkeit traf mich – **BOTSCH!** – voll ins Gesicht. Der Kopter machte einen Satz. Chip und ich wurden auf die Sitze gedrückt, weil die Nase des

Kopters kerzengerade in die Luft stand. Und dann, nur den Bruchteil einer Sekunde später, fühlte ich mich leicht. Federleicht. Ich spürte, wie die Sitzgurte mich festhielten, weil …

»WIR STÜRZEN AB!«

CHIIIIIP!

Ooooh, mein Magen. Kennt ihr das, wenn der Magen Achterbahn fährt und am liebsten seinen Mitfahrer – also den Mageninhalt – loswerden möchte?

OAOOOUUAAAUUU!

Nochmals knallte es. Schüsse! Das waren Schüsse! Vom Leuchtturm aus eröffnete jemand das Feuer auf den Falkokopter. Die schossen auf Elfjährige! Was waren DAS DENN für Zahnspangenkrummbieger!?

BAMM! BAMM! BAMM!

DAS MEER!!!

Wenn wir ins Meer stürzten, würden wir …

Aber wir befanden uns dicht beim Leuchtturm. Wir würden nicht ins Meer stürzen, sondern am Fuß des Leuchtturms zerschellen. Auf dem Totmannfelsen, der dort aus dem Wasser ragte. Und dann …?

OUUOUiiiAiiÖÖÖÖ!!!

Während des Sturzes kippte die Maschine vollends nach hinten, stand schließlich sogar KOPF! Ich hing in den Gurten des Pilotensitzes, konnte unter mir die Felsen sehen. DIE FELSEN! Wir waren nur noch wenige Meter von den …

MÖÖÖAAUUUU!!

Alarmstart! Der Rotor unter uns beschleunigte auf absolute Drehzahl. War auch DRINGEND nötig, denn genau in diesem Moment berührten die Rotorblätter den Felsgrund. NIE

WIEDER möchte ich SO WAS erleben. Es knirschte wie ein Bohrer, der sich am Backenzahn von Teufels Großmutter austobte – inklusive Großmutter-Geschrei und Funkenflug …

Die Schießerei hörte sofort auf, denn die Leuchtturm-Idioten glaubten vermutlich, dass der Kopter auf den Felsen in einem Feuerball explodierte. Das wollten sie natürlich sehen. War sicher GANZ GROSSES KINO für sie.

Doch es kam zum Glück anders: Mit frisch geschliffenen Rotorblättern drückte sich die Ma-

schine vom Fels. Das heißt, sie schnellte, sie raste, sie raketentrampolinisierte nach oben.
Chip und ich hingen immer noch mit den Köpfen nach unten in unseren Sitzen.
ZOSCHHHHH! – sauste der Kopter vorbei am Leuchtturm. Und zwar in totaler Finsternis.
Die Superkriminellen hatten die Scheinwerfer ausgeschaltet, wahrscheinlich um das Feuer des abstürzenden Kopters besser sehen zu können. Das war unsere Chance! Jetzt konnte der Kopter tricksen, was das Zeug hielt. Die Schurken ballerten zwar noch wild herum, aber es war klar, dass sie kein Ziel mehr hatten, weil es zappenduster war.
HAHAAAA!!!
Aber ganz ehrlich. Niemals wieder werde ich auf dem Jahrmarkt in eine Raketenschleuder einsteigen. Für mich gibt's nur noch Kinderkarussell.
Punkt.

Mama!!
KLEINE SNACKPAUSE

DAS KAPITEL MIT DEM TITEL: UND NUN WEITER

Schnell stieg der Falkokopter auf Sicherheitsabstand. Die Ballerei vom Leuchtturm hörte auf. Wir waren ihnen entwischt. Es war gerade nochmal gutgegangen.
Doch was war mit Nudel?
Der Leuchtturm lag nun kilometerweit von uns entfernt. Sein Blinken war völlig unregelmäßig, wie eine Glühbirne bei Wackelkontakt. Der Bordcomputer kam mit dem Code einfach nicht klar. Was sollte dieses blöde Blinken nur bedeuten?
»Vielleicht sendet der Leuchtturm eine Botschaft, in der es um Nudel geht. Oder um den Torpophin. Wenn die ihn gefangen haben, dann …«
Ich sprach nicht weiter. Was, wenn sie Nudel nicht gefangengenommen hatten, sondern … versenkt? Immerhin hatten sie uns beschossen. Und wenn der Torpophin …?
Von Chip kam eiskaltes Schweigen. Es ging ihm wie mir.
Ich richtete meinen Blick auf den Auto-Decoder. Das ist das Gerät, mit dem die Geheimsprache der Leuchtturmsignale entschlüsselt werden sollte. Seltsame Bilder flimmerten darüber, Ellipsen, sich drehende Parabeln, lauter so geometrisches Zeug. Und es rauschte. Sehr laut rauschte es. Das Gerät …

MOMENT MAL!

Ich schob den Kopf näher an die Armaturen. Nein, das war kein Rauschen. Das war … Ich glaubte, meinen suppentellergroßen Ohren nicht zu trauen. Wäre die Lage nicht so ernst gewesen, dann hätte ich lachen müssen. Der Auto-Decoder sprach mit sich selbst – und zwar äußerst putzig:

»… **Kruzifix, i bin doch koa … ned so schnell! Ja, wos is'n des? Wo kummt jetza des Gschnoder her? I glaub, i spinn … Jetzt hamma a Problem. Ja, Sakrament! Do hamma d'naiste Übersetzungssoftwäa und ollawei kummt ois verwurschtlt daher … zefix Halleluja, Sakradi … Oiso. Fuaß … naa: Flug! Flugmaschin! … Ja, do schau her, a Flugmaschin, mia san a Flugmaschin … jetzt haut's hi** …«

Und so ging es weiter. Ich hatte das Gesabbel des Auto-Decoders sofort laut gestellt, damit auch Chip es hören konnte. Es dauerte nur drei Sekunden, da hatte Chips Denkprozessor was Wichtiges rausgefunden:

»Der Decoder hat Probleme, weil mehrere Signale zur gleichen Zeit bei ihm ankommen. Er verzettelt sich. Da sendet nicht nur der Leuchtturm, sondern noch was anderes. Ich vermute, es sind Funksignale. Und die stören das Entziffern der Lichtsignale des Turms.«

Das leuchtete ein. Aber woher kamen diese Funksignale?

»Ich dreh den Funkempfang mal runter. Wenn das Ding sich ganz auf die Lichtsignale konzentriert, klappt's vielleicht.«

Chip nahm ein paar Schaltungen vor. Das Ding – also der Decoder – reagierte mit Erleichterung. Besser wurden seine Entzifferungen allerdings nicht. Sie blieben jedoch sehr lustig:

»… in … in **Kuuu … kooot. Naa, ned Kuh-Kot. Des Wort gibt's ja goa ned. Des hoaßt Kuahflodn. In Kuahflodn eini'g'stiegn? Ja, sag amoi, so a Sauerei!** … Füller-Dieb startet Fußwanne Drecksverschmierung … **ja, pfui Deifi … mit de Fiaß im Kuahflodn … ja, pfüat di God** …«

Und immer so weiter.

Aber plötzlich fiel mir was auf. Und schon wieder hätte ich lachen können. Ich beobachtete den Leuchtturm in der Ferne, während der Decoder seine seltsamen Sprüche abließ: Blink – Bliiiiink – Blinkblink – Bliiiink – Blink … Minutenlang.

Und dann lachte ich tatsächlich. Obwohl es so ernst war und es um Nudels Schicksal ging.

»Verlierst du jetzt auch den Verstand?«, fragte Chip ungläubig.

»Nein«, kicherte ich. »Aber es ist zu komisch. Das Decoder-Ding ist vollgestopft mit den besten Programmen der Welt und kriegt die einfachsten Aufgaben nicht gebacken.«

Chip guckte mich ein bisschen empört an. Immerhin war der Decoder eine Erfindung seines Vaters.

»Er versteht Morsesignale nicht! Verstehst du?«, sagte ich.
»Morsesignale?«
»JA!«, sagte ich, »Morsesignale! Blink – Blink – Blink – Bliiiink! – Bliiiink! – Bliiiink! – Blink! – Blink! – Blink!«
So langsam dämmerte es Chip.
»Du meinst, der Decoder kann alle möglichen modernen Codes entschlüsseln, aber bei einem alten Code wie dem Morsezeichensystem, versagt er? Der Leuchtturm morst?«
»Exactly!«, rief ich. »Mit Morsesignalen tut der Auto-Decoder sich extrem schwer. Muss an seinen ultramodernen Programmen liegen. Irre, oder? Und wenn er neben Morsezeichen auch noch Funksignale empfängt, dann verzettelt er sich total. Das mit den Morsezeichen ist mir aufgefallen, weil ich die mal auswendig gelernt hab. Weißt du noch? Damals, unser erstes Abenteuer. Mit Taschenlampen. Bei uns im Garten?«
Chip nickte. Ja, es fiel ihm alles wieder ein.
»Als der Decoder anfing, von Kuhfladen und Füllerdieb und Fußwanne und Drecksverschmierung zu fantasieren, da hatte ich plötzlich eine Erleuchtung mit Gehirngewitter-Blitzen! Das hieß nicht Füller-Dieb startet Fußwanne Drecksverschmierung, was der Auto-Decoder da faselte, sondern Müller-Piep! *Müller-Piep – erwartet – große Summe – zwecks Identifizierung.* So hieß die Botschaft, die vom Leuchtturm kam!«
In Chips Kopf arbeitete es mal wieder. In seinem Kopf arbeitet es ja eigentlich immer. Aber jetzt konnte ich es SEHEN: Chips Augen fingen fast an zu leuchten – wie zwei Warnlampen.

Wenn ich in diesem Moment schon gewusst hätte, was Chip dachte, hätte ich erwartet, dass seine Warnlampen augenblicklich durchglühten:

WUSCHHHHH!!!

Alarmstufe Rot!

Alarmstufe Drachenblut-Chilischoten-Frischblut-Feuerrot!!

»Hast du auch entziffert, was *in Kuhfladen reingestiegen* bedeutet?«, fragte Chip.

Ich schüttelte den Kopf.

»Es heißt: *U-Boot traf ein soeben*, raunte er.

Ich kapierte absolut nicht, was er meinte. »Was hat denn ein Kuhfladen mit einem U-Boot zu tun?«, fragte ich.

Chip grinste volle Breitseite. Ich hätte ihm jetzt gern eine Handvoll *Fimum bubulum* um die Nase geschmiert.

»Erinner dich mal an die Schwierigkeiten, die der Auto-Decoder mit dem Wort hatte«, raunte er.

Schwierigkeiten mit dem Wort Kuhfl … BINGO! Ein Licht ging an. Mitten in meinem Gehirn! *Kuh-Kot*. Das war das Wort gewesen, aus dem der Decoder dann Kuhfladen gemacht hatte, weil er Kuh-Kot nicht kannte. Mein Kopf erzeugte ein Echo: Kuhkot – U-Boot. Kuhkot – U-Boot.

U-Boot – traf – ein – soeben – Müller-Piep – erwartet – große – Summe – zwecks – Identifizierung.

U-Boot traf ein? War der Torpophin gemeint? Das konnte doch nicht sein! Gab es ein zweites U-Boot?

Und was sollte das mit der Summe zwecks Identifizierung? Da ging es doch um Geld! Müller-Piep hatte gesagt, dass die Regierung nicht bezahlen wollte. Spielte er ein falsches Spiel? Das konnte immens gefährlich werden.

Und was war mit Nudel?

In diesem Moment hörten wir ein Brummen. Ein Brummen, ein Fauchen, das lauter wurde. Lauter und lauter. Ich dachte an ein Flugzeug. Es konnte sich nur um ein Flugzeug der Schurken handeln. Hier war ja sonst nichts mehr. Alles war evakuiert.

A ·–
B –···
C –·–·
D –··
E ·
F ··–·
G ––·
H ····
I ··
J ·–––
K –·–
L ·–··
M ––
N –·
O –––
P ·––·
Q ––·–
R ·–·
S ···
T –
U ··–
V ···–
W ·––
X ·––·
Y –·––
Z ––··

1 ·––––
2 ··–––
3 ···––
4 ····–
5 ·····
6 –····
7 ––···
8 –––··
9 ––––·
0 –––––

»Verflixt«, fluchte Chip. »Ich kann nichts entdecken. Der Foggograph zeigt nichts an. Da ist nur das Geräusch!«

»Unmöglich!«, rief ich. Der Foggograph war unbestechlich. Er würde Flugobjekte von der Größe eines Hummelkolibris anzeigen. Wir mussten ihn nur entsprechend einstellen. Jetzt war die Einstellung so, dass zumindest jeder fliegende Schuhkarton, Putzeimer, Basketball oder jedes fliegende Katzenklo angezeigt wurde.

Das Brummen war dermaßen laut, dass von einem fliegenden Katzenklo ganz bestimmt NICHT die Rede sein konnte. Viel eher von einem fliegenden Tyrannosaurus-Klo (falls ein Tyrannosaurus beim Kacken in eine Kiste steigt und mit den Füßen scharrt!).

Es blieb uns nur eins:

»ALARMFLUCHT!«, brüllte Chip, »PROPULSION NEGATIV! BOOSTER EINS UND ZWEI! IMPULS – JETZT!!!«

Auf Deutsch hieß das: Volle

BRRRR

Beschleunigung rückwärts, mit den zwei Hilfsraketen, den Boostern, die für solche Fälle am Kopter montiert waren:

ZOOOOOSCHHHHH!!!

Der Kopter schoss los, schneller als eine Rakete. Die Lichter der Sterne zogen sich wie glühende Streifen aus Kaugummi in die Länge.

SSTTT-WOOOPP!!

Und schon war unser Alarmflug beendet. Perfekte Landung am Kniebelstedter Tannenkliff, direkt neben der Lausemündung.

Sofort tarnte sich der Kopter als Düne. Sicher war sicher. Von außen war das Fluggerät nun nicht mehr zu erkennen. Der Rotor sah aus wie ein großes Büschel Strandhafer auf einem rundlichen Haufen Sand.

UUUMM

Chip und ich starrten aus dem Cockpit. In der Ferne blitzte immer noch das Leuchtturmlicht. Wir holten die Nachtsichtgläser raus und suchten den Himmel über dem Meer ab.

Woher war dieses Brummen gekommen?

Nichts, aber auch gar nichts war zu sehen. Herrje, das gab's doch nicht! Das war doch ein Flugzeug gewesen, mindestens ein Düsenjet oder so was. Womöglich ein bewaffnetes Kampfflugzeug, das uns mit wenigen Feuerstößen vom Himmel gefegt hätte. Wir hatten die Geräusche ganz deutlich gehört. Und die Aufzeichnungen des Bordcomputers hatten wir doch auch. Chip spielte sie noch einmal ab:

BRRRROOOOOOOOAAAAAAAAAAARRRRR!!!

Düsen. Eine Mondrakete hätte nicht lauter sein können. Ein Fauchen mit Fangzähnen. Wodurch war es ausgelöst worden?

Der Foggograph lieferte keine Erklärung.

Die Morsesignale des Leuchtturms verrieten ebenfalls nichts. Das heißt: Sie konnten nichts verraten, denn das Leuchtfeuer blitzte jetzt immer nur einmal kurz auf. Das waren keine Morsesignale mehr.

4 Uhr 12. Wir hatten nicht mehr ganz acht Stunden, um den Fall zu lösen und Nudel zu retten.

UMMMM

Irgendwo da draußen, weit auf dem Meer, lag vielleicht ein Geheimdienstschiff vor Anker. Ein Schiff, das vom Leuchtturm aus Nachrichten erhielt. Ein Schiff, das außerhalb einer evakuierten Sicherheitszone lag. Außerhalb einer Zone, in der noch an diesem Morgen eine Superbombe hochgehen und ganz Kniebelstedt zerstören würde.

Falls wir versagten.

Also durften wir nicht versagen. Auf keinen Fall!

»Eins versteh ich nicht«, sagte Chip, und das war jetzt wieder so ein Satz, den ich aus Chips Mund nicht kannte. Aber auch Chip war mittlerweile total verwirrt. Sein Superhirn funkte SOS, obwohl er das nicht zugeben wollte. »Wenn die Bombe hochgeht, dann zerstört sie auch den Leuchtturm.«

»Hmmm«, sagte ich. Ich verstand, was er meinte. »Dann müssten die Schurken den Leuchtturm vorher verlassen. Klar.«

»Exactly«, sagte Chip.

Die Art, wie er das sagte, machte mich total unsicher.

Und dann sagte er: »Ich frag mich bloß, wie?«

MMMM

»Na, ist doch ganz einfach, sie … sie …«, fing ich an – und stutzte. Chip hatte recht. Er hatte so sehr recht, dass er damit Diamanten hätte schneiden können.

»STIMMT!!!«, rief ich. »Ist GAR NICHT einfach! Denn das Gebiet um den Leuchtturm wird komplett abgeriegelt sein. Müller-Piep und der Geheimdienst, die werden sich nicht einfach so erpressen lassen. Und die Erpresser verstecken sich nicht mal. Die sitzen da auf dem Leuchtturm wie auf dem Präsentierteller und spielen mit Morsesignalen.«

Chip sagte nix. Er guckte bloß in die Ferne.

Nach einer Weile sagte mein Mund von ganz allein: »Kuh-Kot!« Mehr nicht.

»HÄ!?«

»Ich meine natürlich, U-Boot. Die hauen nach unten ab!«

Jetzt öffnete Chip den Mund so weit, als wollte er den Robben am Tannenkliff einen Fluchttunnel zeigen. In meinem eigenen Kopf bimmelten sämtliche Alarmglocken. Die Idee mit dem U-Boot war mir grade erst gekommen. Der Torpophin! Vielleicht hatten die Sprengstoff-Schurken ihn gekapert, um damit zu flüchten. Das war immerhin eine Möglichkeit, oder?

»Heilige Anemone, das ist es!«, rief Chip. »Und jetzt stellt sich die Frage: Wohin begibt man sich, wenn die Stürme rasen und toben!«

Stürme? Wie kam Chip jetzt auf Stürme?

»Hurrikan, Taifun und Zyklon! Los, Kiste: Wo ist es am ruhigsten, wenn Stürme toben? Wo kann man mit Papierflugzeugen spielen, wenn andernorts Bäume durch die Luft fliegen?«

Einundzwanzig, zweiundzwanzig – Chip war verrückt geworden, ganz klar, dachte ich. Aber dann fiel es mir ein. Und zwar mit Sturmstärke 15.

»DAS AUGE!«, rief ich. »DAS AUGE DES STURMS!«

»Exactly!« Chip strahlte. »Und das Auge des Sturms ist der LEUCHTTURM!«

»Du willst auf den Leuchtturm?! Bist du wahnsinnig? Wie sollen wir …!?«

STÜRME

Stürme sind schneller Wind. Aber wie schnell? Windstärke oder Windgeschwindigkeit wird z.B. mit der Beauford-Skala gemessen. Die beginnt bei Windstärke 0 - das ist Windstille. Starker Wind hat ungefähr Stärke 6 und ist 40 bis 50 Kilometer pro Stunde schnell. Windstärke 9 ist ein Sturm - mit 80 bis 90 Kilometer pro Stunde (km/h). Ein ORKAN hat Windstärke 12 (120 bis 130 km/h). Tropische Wirbelstürme heißen HURRIKAN oder TAIFUN. Sie sind RASEND SCHNELL, über 250 km/h (mehr als Windstärke 18), und richten schlimmste Verwüstungen an. Noch schnellere Winde treten in TORNADOS auf. Ein Tornado ist ein Windwirbel, der wie ein riesiger Staubsauger übers Land zieht. Im Inneren des Wirbels kann der Wind mehr als 400 km/h schnell sein. Wo dieser Wirbel entlangbraust, zertrümmert er alles.

PENG – mir war eine Sicherung durchgebrannt. Aber zugleich erkannte ich, dass wir keine andere Wahl hatten. Wenn es stimmte, dass der Leuchtturm in seinem Fundament auf dem Felsgrund einen Zugang zum Meeresboden hatte, dann konnten wir nur von dort aus zu Nudel gelangen.

Vorausgesetzt, Nudel lebte noch.

»Die Superbrillen im Auge des Sturms. Toller Titel für ein Abenteuer«, sagte ich.

Chip hörte das gar nicht. Er hatte schon damit begonnen, den Falkokopter für den Flug zum Leuchtturm startklar zu machen.

Und dann hieß es wieder: IGNITION!

KURZER INSTRUMENTENCHECK VOR DEM KAPITEL:

DER LEUCHTTURM UND DAS POTZBLITZ-GEHEIMNIS

Wenige Minuten später standen wir bibbernd am Fuß des Leuchtturms. Es war KALT.

Chip unterzog den Falkokopter in Windeseile einer atomaren Kompression. Wir mussten den Kopter ABSOLUT SICHER tarnen und konnten ihn ja schlecht mitnehmen. Mit dem Kopter als Rucksack würden weder Chip noch ich eine gute Figur machen. Also ließ Chip den Kopter auf wenige Zentimeter Größe schrumpfen und schob ihn in eine Felsspalte. Von dort konnten wir ihn bequem per Fernbedienung wohin auch immer steuern. Klein wie ein Hummelkolibri und schnell wie ein Pfeil.

Das mit dem Schrumpfen funktionierte deshalb, weil Johann Nepomuk von Seidel als genialer Erfinder eben auch ein genialer Physiker war. Als Physiker wusste er, dass alles – also auch der Kopter – aus Atomen besteht. Atome sind sozusagen die Legosteine, aus denen die ganze Welt aufgebaut ist. Es gibt aber einen DICKEN Unterschied zwischen Legosteinen und Atomen: Legosteine sitzen IMMER eng beieinander. Eine Mauer aus Legosteinen hat keine Löcher oder Lücken. Bei Atomen ist das

GANZ ANDERS. Wenn Atome – zum Beispiel in einer Hauswand – zusammensitzen, dann ist zwischen ihnen noch immer total viel Platz. Das kann man aber nicht sehen, weil die Atome dermaßen winzig sind, dass auch die riesigen Abstände zwischen ihnen für unsere Augen unsichtbar bleiben. Aber wenn man die Abstände zwischen den Atomen verkleinert, dann schrumpft die Wand. Man muss aus der Wand also bloß die Luft rauslassen (okay, nicht die Luft, sondern die Abstände, kapiert?) und die Wand wird kleiner und kleiner und kleiner. Was für eine Wand gilt, das gilt auch für den Kopter:

Wenn man die Atome eng zusammenrücken lässt, dann ist der Kopter plötzlich so klein wie ein Kolibri – oder sogar noch kleiner.

ATOME & MOLEKÜLE

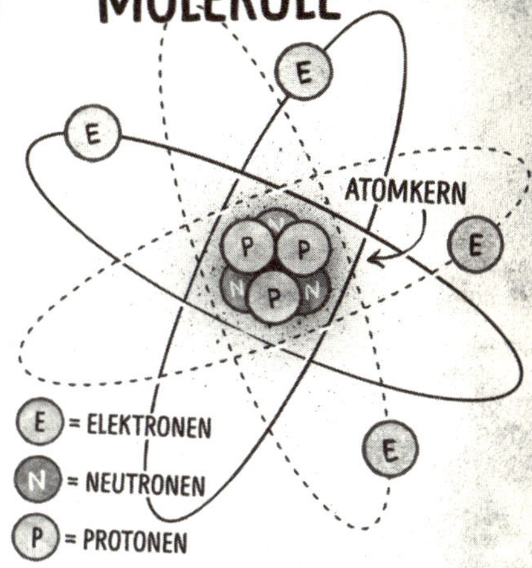

ALLES besteht aus ATOMEN. Ganz gleich, ob Hundekacke, Briefmarken, die Sterne oder Popel. Es gibt auf der Erde nur 92 verschiedene, natürlich vorkommende ELEMENTE. Das ELEMENT mit dem kleinsten ATOM heißt Wasserstoff. Das mit dem größten Uran. Alle Atome haben einen Kern aus Protonen und Neutronen. Dann gibt es noch Elektronen, die sich um den Kern herum aufhalten. Und das wars im Grunde auch schon.
Wasserstoff hat genau 1 Proton und 1 Elektron. Uran hat 92 Protonen, 92 Elektronen und noch jede Menge Neutronen – so zwischen 140 und 150. MOLEKÜLE sind VERBINDUNGEN mehrerer Atome. WASSER z.B. ist ein MOLEKÜL – es besteht aus 2 WASSERSTOFFATOMEN und einem SAUERSTOFFATOM. Die 92 Elemente können auf unzählige Art und Weise kombiniert werden – deshalb gibt es zig Trilliarden verschiedene Moleküle.

Nun könntet ihr fragen, weshalb wir uns den Hummelkolibri-Kopter nicht einfach in die Hosentasche gesteckt haben. Tja, ganz einfach. Die Luft war zwar raus, aber der Kopter war natürlich noch genauso schwer wie vorher. Wir mussten ihn also zurücklassen.

Chip und ich standen mittlerweile unten im Leuchtturm, wo es stockfinster war. Aber wir hatten ja die Coolator-Brillen.

Die Stahltür, die in den Turm reinführte, war für Chips kleinen Schlossfresser ein Klacks gewesen. Schlossfresser ist eine ziemlich fiese Sache. Kommt aus einer Art Zahnpastatube. Ein Strietz Schlossfresser in ein Schlüsselloch oder auf ein Sicher-

heitsschloss gedrückt, und es geht los. Der Schlossfresser überzeugt das Schloss davon, dass ihm TOTAL FLAU ist. Schlossfresser erzeugt fürchterliche Tür-Übelkeit. Nach zwei oder drei Sekunden kotzt sich das Schloss weg, die Tür hat ein Loch, und man kann sie prima öffnen.

Ich habe keine Ahnung, was passiert, wenn man Schlossfresser mit Zahnpasta verwechselt. Ich will's auch gar nicht wissen.

Hinter der Tür begannen die ersten Stufen einer Art Wendeltreppe innerhalb einer dicken Röhre in der Mitte des Turms. Mit Hilfe des Coolators erkannte ich jede Menge ultramoderne Stahlröhren, die an der Innenwand und außen um die Wendeltreppe nach oben liefen. Es gab Ventile und Verbindungen zwischen den Stahlrohren und Dinge, die an Schaltkästen erinnerten.

Sah so das Innere eines Leuchtturms aus?

Sehr seltsam.

Eine Luke, die nach unten führte, zum Meeresgrund, entdeckten wir nicht. Der einzige Weg, den wir sahen, führte nach oben.

Nirgendwo regte sich was. Keine Spur von irgendwelchen Menschen. Zum Glück.

Vorsichtig begannen wir mit dem Aufstieg. Vielleicht war die Wendeltreppe eine Falle. Wohin sollten wir flüchten, falls uns jemand von unten folgte, sobald wir die Treppe betreten hatten?

Nun, wir sind – schon vergessen? – DIE DREI SUPERBRIL-

LEN! Die gruftischwarzen Anoraks unserer Uniformen waren mit Chamäleo-Tex beschichtet: ein Material, das zu den außergewöhnlichsten Tarnungen fähig ist. Außerdem hatten wir die Vollkopf-Kapuzen der Anoraks übergestreift. Die sehen aus wie Skimützen, und da der Sehschlitz mit dem Coolator bedeckt war, glichen Chip und ich zwei vermummten Gangstern.

Wir stiegen also die Wendeltreppe hoch und sahen aus wie die Wand neben uns. Und wenn wir uns hinhockten, glichen wir den Steinstufen.

Das war prima, solange niemand auf uns drauftrat.

Dann und wann stießen wir auf schmale, hohe Türen. Was auch immer sich hinter ihnen verbarg, die Türen waren schwarz, verschlossen und trugen ein seltsames Zeichen: ein weißes »AG« mit einem gelben Blitzzeichen mittendurch.

Das Zeichen war uns völlig unbekannt.

Aber eine der Türen mit Schlossfresser zu öffnen, schien uns zu unsicher. Erst einmal wollten wir die Lage checken und uns

so weit wie möglich nach oben, zum Kopf des Leuchtturms, durchmogeln.
Chip wusste – na klar – ziemlich viel über Leuchttürme. Er flüsterte mir zu, dass sich oben, direkt unterhalb des Scheinwerferraums, der Dienstraum des Turms befand. Dort würden sich vermutlich die Schurken aufhalten.
Wir wollten versuchen, sie zu belauschen.
Geräusche waren zu hören. Der Wind strich von außen am Turm entlang und verursachte ein hässliches Säuseln. Von unten kam Wellenplätschern. Da der Turm hohl war wie sonst nur Nudel bei Hunger, wirkte er wie ein Musikinstrument. Wie eine Meeresrauschenflöte oder so. Wir mussten uns höllisch anstrengen, um neben dem Säuseln und den Wasserplätscherflötentönen auch noch rauszuhören, ob sich jemand näherte.
Plötzlich war da diese Stimme.
Dieses unglaubliche Gekeife, das durch die Tür drang.
Chip und ich dachten EXAKT dasselbe.
Das ist ein Gefangener, dachten wir.
Nachdem wir noch ungefähr zwölf Sekunden lang weitergelauscht hatten, wussten wir auch, dass der Gefangene allein war. Er zeterte mit sich selbst. Seine Worte waren manchmal unverständlich. Er sagte so was wie: »Hast du deine Großhirn-Neuronen mit Badesalz elektrolysiert, Kollodius? Niemanden reinlassen! Sie hatten es immer wieder gesagt! Und was machst du? Aufs erste Klingeln reagierst du wie ein pawlowscher Hund! Verflucht sei der Tag, an dem König Alfred Kieselgur mit Trisal-

petersäureglycerinester versetzte! Himmel, Fortschritt und die heilige dreistufige Synthese von Hexanitroisowurtzitan, ich …!« Und so weiter.

Ich verstand nix – aber über Chips Gesicht flitzte ein Leuchten.

»Nitroglitz!«, zischte er.

»Was?«

»Kapierst du nicht? Da drinnen sitzt Professor Kollodius Nitroglitz, der Meister aller Sprengstoff-Erfinder. Sie haben ihn …!«

»Woher willst du das wissen?«, meinte ich gereizt. Es nervt manchmal, wenn Chip alles besser weiß.

»Der Name – Kollodius. So heißt nicht jeder. Außerdem sagte er was von König Alfred und Kieselgur. König Alfred ist Alfred Nobel, der Erfinder des Dynamits. Das hat er mit einem Stoff namens Kieselgur hingekriegt. Keine Ahnung, weshalb Nitroglitz ihn König nennt. Vermutlich …«

»Okay, okay, schon kapiert«, gab ich beruhigt zurück. Dieser Nitroglitz hatte also das Fachwissen von Chip aktiviert. So was passierte ja ständig.

»Wir müssen ihn befreien!«, meinte Chip. »Wenn

SPRENGSTOFFE

Sprengstoffe sind Stoffe, die eine CHEMISCHE REAKTION durchlaufen – und zwar so schnell, dass es kracht. Die Stärke von Sprengstoffen heißt BRISANZ. Bekannte Sprengstoffe sind DYNAMIT, NITROGLYZERIN und TNT. Wichtig für die Kraft eines Sprengstoffs ist auch die GESCHWINDIGKEIT der Explosion. Dynamit, Nitroglyzerin und TNT haben eine Detonationsgeschwindigkeit zwischen 6500 und 7500 Metern pro Sekunde. Zu den stärksten Sprengstoffen gehören OCTOGEN (Cyclotetramethylentetranitramin: 9100 Meter pro Sekunde), CL-20 (Hexanitroisowurtzitan: 10.300 Meter pro Sekunde) oder Nitropenta (Pentaerythrittetranitrat: 8400 Meter pro Sekunde).

wir ihn befreien, dann können wir vielleicht die Sprengung verhindern. Weißt du noch, was Müller-Piep gesagt hat? Professor Nitroglitz hat die Formeln für den Supersprengstoff bei sich! Wenn sie die Formeln von ihm erhalten, dann – WOOMMM!!!«

»Alles klar, verstanden«, sagte ich. »Schlossfresser!«

Chip nickte, impfte das Schloss der Tür mit einer Zahnputzportion Schlossfresser und trat einen Schritt zurück.

WÜRG! – KATSCHUNGGG!!

Schon hatte ihm die Tür das Schloss vor die Füße gekotzt.

Manchmal möchte man echt keine Tür sein.

Aber Hauptsache, sie war jetzt offen.

Ohne darüber nachzudenken, hatten Chip und ich die Coolator-Brillen abgenommen, als uns das Türschloss vor die Füße flog.

Eine eiserne Regel der Superbrillen besagt: Wenn wir Unbekannten begegnen und nicht wissen, wie sie auf uns reagieren, dann verzichten wir zunächst auf die Coolator-Brillen. Das hat einen Grund.

Einen guten Grund.
Erwachsene halten Kinder IMMER für harmlos.
Das war schon oft ein Vorteil für die Superbrillen. Sobald es ein Nachteil wird, setzen wir die Brillen auf.
Schlau, was?
Aber weiter. Die Tür schwang auf und aus einer Zelle starrte uns ein dürrer Mann an. Ein dürrer Mann mit wilder, grau-weißer Haarmähne und Handschellen. Eine Bohnenstange, die einen weißen Laborkittel trug.
Na, dachte ich, das passt ja prima zu einem Professor.
»K-K-Kinder?«, stotterte er wie eine Fehlzündung. »Wo-wo-wo kommt ihr denn her?«
Ich hoffte, dass sein Stottern bloß vorübergehender Natur war. Das konnte ja sonst EWIG dauern. Das Gestotter machte ihn aber auch irgendwie sympathisch. Zumindest wirkte der Professor harmlos – und wir flitzten zu ihm in die Zelle.
Es steckte zum Glück niemand außer ihm da drinnen. Es hätte allerdings kaum noch jemand hineingepasst. Der Raum war eng wie ein Zwergenklo.
»Professor Nitroglitz? Wir sind gekommen, um Sie zu befreien!«, rief Chip, weshalb ich sofort »PSSSST!« zischte.
»Was? Ah, stimmt ja, danke, Kiste«, flüsterte Chip.
Professor Nitroglitz runzelte die Stirn. Wir trugen noch immer unsere Chamäleo-Tex-Anoraks und hatten die Vollkapuzen über den Kopf gezogen. Als wir die Coolator-Brillen abnahmen, wurde für kurze Zeit die Tarnfunktion unterbrochen. Das

ist leider so. Kleiner Konstruktionsfehler. Jetzt setzte die Funktion wieder ein und Professor Nitroglitz sah uns als Teile seiner Zwergenklo-Zellenwand. Das heißt, er sah uns eigentlich gar nicht mehr, sondern nur noch unsere Augenschlitze. Und das verwunderte ihn. Augen ohne Menschen dran sind was Ungewöhnliches. Auch für verrückte Professoren.

»Wer … also, was … AH!«

Sein Blick veränderte sich. Er war ein schlauer Fuchs, der dürre Nitroglitz.

»Chamäleo-Tex!«, rief er erstaunt. »Donnerwetter! Wie seid ihr denn an diese fantastischen Tarnanzüge gekommen, Kinder?«

So wie der das Wort *Kinder* aussprach, trugen wir wohl noch Schnuller.

»Das zu erklären, würde zu weit führen und viel zu lange dauern, Professor«, sagte Chip. »Sie müssen mit uns kommen. Wir müssen von hier verschwinden. Man hat Sie entführt, um die Formeln für Ihren Supersprengstoff zu stehlen!«

Professor Nitroglitz sprang auf, wobei seine Fußfesseln klirrten. Sein Gesicht war von einem Augenblick auf den anderen zornrot geworden. Seine grau-weißen Haare standen ab, als hätte er in eine Starkstromsteckdose gegriffen.

»NIEMALS!«, krähte er. »Dieser geistigen Fehlzündung namens BLITZ wird es NIE gelingen, mir das Geheimnis der Formeln zu entreißen. Ich werde ihm …!«

Blitz? In meinem Kopf rief etwas *Kuckuck*!

Mitten im Aufbrausen kühlte Professor Nitroglitz plötzlich wie-

Prof. Kollodius Nitroglitz
NIEMALS!!!
KLING KLING

der ab. Genie-Gehirne können so was. Er durchbohrte uns mit einem kalten Blick:
»Woher wisst IHR von meinem Sprengstoff, KINDER?«
Na, so langsam, fand ich, sollten wir mal über das Wort KINDER reden. Chip dachte dasselbe. Bei ihm kam noch verletzter Jung-Genie-Stolz dazu.
»Wir wissen mehr, als Sie sich vorstellen können!«, fauchte er – mit einer Stimme nahe am absoluten Nullpunkt. »Wir sind eine Spezialeinheit des Geheimdiensts und unser Auftrag duldet keine dummen Fragen!«
PENG! Könnt ihr euch vorstellen, wie Nitroglitz jetzt guckte? Eins zu null für Chip. Der legte aber noch nach:
»Im Übrigen wissen wir über Ihr kataklysmisch-tetra-tonares Minimus-Nitrat ziemlich gut Bescheid. Sie werden mir wohl zustimmen, wenn ich betone: ES BESTEHT ABSOLUTE DRINGLICHKEIT!«
»Äh, ja, Sie haben … Sie … haben ja …!« Nitroglitz war so klein geworden, dass er mit ein wenig Glück aus seinen Fußfesseln gerutscht wäre. Mich wunderte, dass Chip den Namen des Sprengstoffs kannte. Das heißt: NEIN, es wunderte mich nicht. So war Chip eben. Und ich bewunderte, mit welcher Achterbahnfahrt von Aussprache er dieses Wort über die Lippen brachte: Kataklysmisch-tetra-tt … t … – Donnerwetter!
Nitroglitz jedenfalls brachte er damit zum Schweigen. Leider war Nitro aber immer noch gefesselt. Das mussten wir ändern.

»Kist… ich meine: Agent von Panzer«, setzte Chip an. »Bitte applizieren Sie das hyperkorrosive Regurgitativum.«

»Das hy… pffffft… mit… also, mmm… ööööh…, A-Agent von Seidel, äh, ja…?«, stammelte ich. Meine Güte, was war denn ein hyperkorrosives Regurgitativum?

Ich hätte Chip jetzt am liebsten meine geballte Faust auf die Nase appliziert, denn der Blödi räusperte sich, zog sein schnöseliges Besserwissergesicht und zeigte auf die Fußfesseln des Professors.

»Ah, das Kotzmittel«, zischte ich. Chip zuckte zusammen. Das Wort *Kotzmittel* passte natürlich nicht zu seinen Etepetete-Formulierungen. Ich holte die Tube Schlossfresser raus und in null Komma nichts machte es PLING: Das Schlösschen seiner Fußfesseln hatte gespuckt, und der Professor war befreit.

Spätestens jetzt kapierte unser Prof, dass Chip und ich ECHTE AGENTEN waren. Nitroglitz wurde hektisch – und total quasselig.

»Sie haben recht, meine Herren. Wir müssen verschwinden. Jawohl, meine Herren… Ich muss nur noch schnell… Wo hab ich nur mein…?« Ich hätte nie gedacht, dass wir mal OHNE Coolator-Brillen als Erwachsene durchgehen würden. Der Mann war total beeindruckt. Das mussten wir ausnutzen.

»Vergessen Sie auf keinen Fall die Formeln für Ihren Sprengstoff!«, sagte ich.

Der Professor blickte sich um, als suchte er nach seiner Brille. Aber er strahlte dabei wie ein Honigkuchenpferd.

»Keine Sorge«, meinte er kichernd. »Die Formeln befinden sich im sichersten Versteck der Welt.«

»Na super«, sagte ich. »Das ist doch beruhigend. Trotzdem müssten Sie die Formeln jetzt holen. Sonst packen uns die Schurken, die den Leuchtturm gekapert haben, womöglich in die sicherste Gefängniszelle der Welt!«

»HA!«, lachte der Professor. »Auch das wird Blitz nichts nützen!«

Chip, der sich auf der Wendeltreppe umgesehen hatte, ob die Luft noch rein war, kam zurück. »Blitz? Wer oder was ist Blitz?« Er sah mich an. Ich sah ihn an. Wir dachten beide dasselbe: das Blitzzeichen auf den Türen!

»Pyroklastus Blitz!«, zeterte Professor Nitroglitz. Beim Aussprechen des Namens sonderte er dermaßen viel Feuchtigkeit ab, dass wir einen Leuchtturmbrand sicher überlebt hätten. Ich trat einen Schritt zurück.

»Pyroklastus Blitz ist ein elender Dieb!«, schmetterte Nitroglitz. »Ein Möchtegern-Erfinder der übelsten Sorte! Ein Versager, der es nicht verträgt, wenn er im Schatten wahrer Geistesgröße steht! HA! Ein Supersprengstoff wie das kataklysmisch-tetratonare Minimus-Nitrat wäre ihm nie gelungen, und deshalb …!«

»Deshalb müssen wir Ihre Formeln schnellstens in Sicherheit bringen, Professor!«, bekräftigte ich. Diesen Pyroklastus Blitz würden wir uns in der nächsten Runde vornehmen. Nun aber mussten wir verschwinden. Wir hatten schon eine geschlagene Viertelstunde in der kleinen Zelle zugebracht.

Und immer noch keine Meldung von Nudel.
Auch das Black-Shadow-Phone schwieg hartnäckig.
»Holen Sie doch endlich die Formeln aus dem Versteck!«, drängte auch Chip. Der Professor stand bloß da und grinste.
»Schon geschehen«, sagte er seelenruhig.
»Bitte?« Chip und ich blickten uns ungläubig an. Professor Nitroglitz tippte sich an den Kopf.
»Ich sagte doch: das beste Versteck der Welt. Alles hier drin. Aufzeichnungen sind was für Dummköpfe. Sämtliche Formeln und Berechnungen sind gespeichert in meinem Gehirn!«, krähte er angeberisch. »Ich vergesse NICHTS! Ich habe ein fotografisches Gedächtnis. Alles, was ich je geschrieben habe, ist in meine Gehirnrinde eingeprägt. Nur ich kann es lesen! Niemand außer mir hat Zugang zu meinem genialen Wissen ...!«
»Genau aus diesem Grund bleiben Sie hier, Professorchen!«, rief eine fremde Stimme.
PENG!
Die Worte, die ich jetzt ausstieß, darf echt keiner hören.

WEISSE FAHNE!
TOTALE VERWIRRUNGS-PAUSE.
UND DANN
GA GA GA

DAS KAPITEL MIT ERKLÄRUNG UND TAUCHFAHRT

Wir saßen in der Falle.

Die Tür war blockiert. Und zwar mit der Mündung einer Pistole, die Kugeln vermutlich so groß wie Tennisbälle verschoss. Leider war der Mann, der die Pistole hielt, kein Tennisspieler, sondern ein in einen ausgebeulten schwarzen Anzug gekleideter Dickwanst mit Doppelkinn und öligen Haaren. Ich ahnte sofort, dass der Typ zuerst

schießen und danach erst »Hände hoch!« rufen würde. Der Dicke verschwand ja fast hinter der Schiffskanone, die er in seinen Wurstfingern hielt.

»Potz!«, schnaubte unser Professor. Er bebte vor Wut.

Danke, Professor, jetzt erkannte ich ihn auch: Bert-Bonzo Potz. Ein Typ, der Geld hatte wie ein Straßenköter Flöhe. Sein Bild war manchmal in den Kniebelstedter Nachrichten.

Potz war ein Erzganove.

Und dann tauchte neben Potz noch ein zweiter Mann mit Pistole auf, dürr wie Nitroglitz und im weißen Labormantel, aber mit Halbglatze. Als er diesen Mann sah, fuchtelte Nitroglitz wild mit den Händen und schrie, mit noch mehr Wut in der Stimme als zuvor: »Blitz!«

»Potz-Blitz, Professorchen, Sie sagen es. Aber schalten sie mal den Quasselfunk ab!«, zischelte die zweite Figur: Pyroklastus Blitz.

Doch Professor Nitroglitz gab keine Ruhe.

»HA! Sie Stümper! Vergessen Sie es! Ich verrate nichts. NICHTS! Sie beißen sich die Zähne an mir aus! Auch das Geld ihres Kompagnons wird Ihnen nicht helfen!«

Der dicke Potz und der dürre Blitz wechselten einen mitleidigen Blick.

»Geld?«, fragte Potz.

»Ich glaube, er denkt, wir wollen ihn bestechen«, sagte Blitz.

»Wozu?«, polterte Potz. Wieder fing er an zu lachen und sein Elefantenkörper wabbelte wie ölig-schwarze Götterspeise.

»Genau, wozu?«, rief Blitz. »Wir durchleuchten ihn – und dann ...?«

»Fischfutter!«, brachte Potz grölend hervor. Und plötzlich – zum ersten Mal, seit die beiden aufgetaucht waren, schienen sie von uns Notiz zu nehmen. Das wurde aber auch Zeit. Immerhin waren wir gekommen, um Professor Nitroglitz zu befreien, den Schurken das Handwerk zu legen und die Explosion der Superbombe zu verhindern, die Kniebelstedt womöglich vernichten würde. Während Professor Nitroglitz mit offenem Mund dastand und über die Worte *durchleuchten* und *Fischfutter* nachdachte, brummelte Potz:

»Schon wieder Knirpse. Diesmal gleich zwei. Was ist hier los? Anatol! Sind wir ein Kindergarten?! Werden die hier ausgebrütet oder was!«

Ich schluckte. Der nahm uns gar nicht ernst! Chip schnappte nach Luft. Noch bevor er was zum Thema *Kindergarten* oder *ausgebrütet* sagen konnte, tauchte – ZACK – ein dritter Typ auf. Anatol. Der trug eine Uniform oder genauer: so eine Art Overall. Einen schwarzen Overall. Auf der Brust

leuchtete golden das AG-Zeichen mit dem Blitz – die Potz-Blitz-AG, sagte mir mein Detektivgehirn. Damit hatten wir es also zu tun. Und Anatol war ein Untergebener.

Der Dicke ließ an ihm erst mal seine ganze schlechte Laune aus.

»Na endlich! Gibt's hier 'ne Katzenklappe oder wie kommen die Knirpse hier rein?!« Seine monströse Pistole schwenkte gefährlich in unsere Richtung. »Wer sind die? Und was ist jetzt mit dem Hubschrauber?!«

»Lassen Sie mich frei!«, rief Professor Nitroglitz dazwischen.

Du meine Güte, der war vielleicht naiv. Freilassen. HA!

Blitz und Bert-Bonzo Potz lachten kurz, dann gab Potz dem Professor eine unmissverständliche Warnung. »Du schaltest jetzt mal ab, Professorchen. Sonst mach ich das, verstanden? Wir kommen später zu dir. Keine Bange!«

Nitroglitz schnappte nach Luft. Potz blickte wieder zu Anatol.

»Und? Wir sprachen von diesem Hubschrauber?!«

»Der ist verschwunden«, jammerte Anatol.

»Ja, plötzlich verschwunden«, zischte Blitz.

Anatol nickte eifrig. »Wohl abgeschossen. Keine Gefahr mehr.«

Damit waren ja wohl WIR gemeint beziehungsweise der Falkokopter. Abgeschossen! Chip und ich verzogen keine Miene. Zum Glück ahnten die drei nicht, dass die Hubschrauberbesatzung vor ihnen stand. Kindern traute diese merkwürdige Potz-Blitz-AG wohl gar nichts zu.

Der Dicke nickte missmutig. »Ich will's hoffen, Anatol!«, raunzte er. »Und zwar für dich. Mir verschwindet hier in den letzten Stunden allerdings zu viel. Was ist mit dem Knirps auf Monstro? Noch immer keine Spur?«

Knirps auf *Monstro*? Was bedeutete denn Monstro? Chip funkte mit seinen Augenlidern Fragezeichen. Ich funkte Keine-Ahnung-Zeichen zurück. Und dann sprach wieder Anatol.

»Äh, der Knirps, der ... also ... Tut mir leid, Boss, die Männer haben ihn ... verloren – ähem ...«

»Verloren? Das gibt's doch nicht!«, grummelte Potz. »Die von der Regierung wollen Lösegeld rausrücken und schicken Monstro ein Mini-U-Boot – und plötzlich ist dessen Kommandant verschwunden. Stattdessen ist da bloß noch ein blinder Passagier an Bord, und zwar ein Hosenscheißer, so wie diese zwei Pfeifen hier, nur ein bisschen länger. Und dann verschwindet der auch noch? Was soll ich von solchen Meldungen halten? DAS SCHMECKT MIR NICHT, ANATOL, HÖRST DU??!!«

»Ja, Boss. Na klar, Boss. Ich finde ihn, Boss!«, quiekte Anatol und wollte sich verdrücken. Er fühlte sich extrem unwohl.

Bei Chip und mir allerdings beschleunigte der Puls wie ein Rennwagenmotor beim Start: REDETE DER ETWA VON NUDEL?

»Hier geblieben, Anatol!«, meldete sich Blitz. »Schnapp dir Bruno und verfrachtet unser zittriges Genie in den Memographen. Ich komme gleich nach«!

»Ein Memograph?«, krächzte Professor Nitroglitz überrascht. »Sie bluffen! Zu einem Memographen sind Sie gar nicht fähig. Sie sind ein Banause, Blitz! Sie können ... Sie ...!«

Das Grinsen auf dem Gesicht von Pyroklastus Blitz war echt gruslig.
Professor Nitroglitz erstarrte, als Anatol und dieser Bruno ihn zwischen sich nahmen und aus der Zelle schleiften. In meinem Gehirn rappelte ein Gehirnhamster in seinem Gehirnhamsterrad. Ein Memograph? Was wollte Blitz damit sagen? Weshalb grinste er jetzt so?
»Nein!«, schrie der Professor, als er schon halb aus der Zelle war. »Schnappschuss! Sie haben ihn entführt! Sie haben den berühmten Doktor Schnappschuss in Ihrer Gewalt, und ...!!«
Weiter kam er nicht. Von Doktor Schnappschuss hatte ich noch nie gehört. Wer war DAS denn nun wieder? Ich hörte Chip neben mir Luft einsaugen. Das macht er immer, wenn er einem brenzligen Problem auf die Spur kommt. Er saugte so heftig, dass mir die Luft fast leidtat.
Pyroklastus Blitz lachte. »Gar nicht so schlecht, Herr Kollege!«, rief er. »In der Tat: Doktor Schnappschuss ist unser Gast. Genau wie Professor Schockfrost, Geheimrat Benzini, Doktor Häuflein und die Professoren Geigenzähler und Wackldackl. Sie arbeiten für uns. Manche sogar freiwillig. Und mit ein klein wenig gutem Zureden haben sie aus den Arbeiten von Doktor Schnappschuss einen wunderbaren Memographen gebaut. HAHAAA!«
Blitz kriegte sich kaum wieder ein. Dann aber räusperte sich der dicke Potz und Blitz gnickerte bloß noch.
»Und nun zu euch«, grunzte der Dicke. »Wie seid ihr hier reingekommen?«

»Keine Lügen!«, zischelte Pyroklastus Blitz.

Ui, die wollten ein Verhör starten. Na, wir waren ja Kinder. Harmlose Kinder. Das würden wir schon schaukeln.

Aber leider machte Chip jetzt den Mund auf. »Wir sind Agenten im Auftrag der Regierung, und wir werden Ihnen das Handwerk legen. In diesem Moment wählt sich unser geheimes Funknetz in die Programme des Memographen ein, mit dem Sie in Professor Nitroglitz' Gehirn lesen wollen …«

Roch das etwa angebrannt?
JAAAAAA, DENN BEI CHIP BRANNTE EINE SICHERUNG DURCH! ALAAAARM!! Ich fing an zu gurgeln. Potz und Blitz glotzten sich entgeistert an. Sie waren noch viel zu verwundert von der Show, die Chip grade abzog.
Der quasselte munter weiter: »Selbst wenn der Memograph die Formel für den Supersprengstoff ausspuckt, werden Techniker der Regierung die Botschaft verzerren und es Ihnen unmöglich machen, eine Bombe…!«
Jetzt platzte Potz und Blitz der Kragen, und zwar im Duett – und mir wurde ziemlich schwummrig. Chip, was war das denn für eine krumme Nummer?
»Hey, DU!«, bölkte der Dicke. Woher weißt du von dem Superspreng…!«
»PSSSSSST!«, fiel ihm Blitz ins Wort.
Doch Potz winkte ab. »Nichts da! Jetzt wird Klartext geredet. Der hat *Supersprengstoff* gesagt. Dieser Naseweis, dem Mami mal ordentlich den Hintern versohlen sollte, hat Su…!«
»Wir sind Geheimagenten und keine Bengel!«, fiel ihm Chip ins Wort. Blitz zog das dämlichste Gesicht, das ich je gesehen hatte.
CHIP LIEFERTE UNS ANS MESSER!!!
»Agenten der Regierung?!«, gab Potz höhnisch zurück. »Ihr zwei Windelträger wollt Agenten sein? Dass ich nicht lache! Ihr habt gelauscht. Nitroglitz hat seinen Mund nicht halten können und hat von Sachen gefaselt, die viel zu kompliziert sind für euch. Raus mit der Sprache! Wie seid ihr hier reingekommen?

Wenn ich den erwische, der die Sicherungstür nicht richtig geschlossen hat, dann mach ich Fischfutter aus ihm!«

Chip verengte seine Denkeraugen zu kleinen Schlitzen. Dann presste er hervor: »Kataklysmisch-tetra-tonares Minimus-Nitrat. Ein Sprengstoff mit der zwanzigfachen Brisanz des stärksten Sprengstoffs der Welt: Hexanitroisowurtzitan!«

»Hexa-was-Wurzi?!«

Der Dicke kam sich verschaukelt vor. Das war ziemlich deutlich. Aber der Dürre hielt ihn zurück.

»Die wissen was«, raunte er. »Potz, die nehmen wir mit!«

»Spinnst du? Und wer soll sie wickeln, diese Windelträger? Der macht sich nur wichtig, der Knirps! Wir machen Fischfutter aus diesen Neunmalklugschissern. Bamm! Bamm!« Potz hatte sich wohl gerade dazu entschlossen, Chip mit Haut und Haaren aufzufressen. Er hatte ja auch die Figur dazu.

Zum Glück setzte sich der dürre Blitz durch. »Wir nehmen sie mit. Sicher ist sicher. Hier zurücklassen können wir sie auf gar keinen Fall!«

Potz blieb noch ein paar Sekunden lang unschlüssig. Doch dann flüsterte Blitz ihm was ins Ohr. Ich verstand nur »... Professor Wackldackl ...«, und Potz nickte.

Tja, und wenige Minuten später wurden Chip und ich von zwei Muskelprotzen mit Potz-Blitz-AG Overalls durch den Leuchtturm abgeführt.

MIST! – dachte ich. Ich ahnte ja nicht, was noch kommen würde.

Im Leuchtturm wimmelte es jetzt von Menschen. Ich fragte mich, wo die sich versteckt hatten, als wir mithilfe des Schlossfressers in den Turm eingedrungen waren.
Überall wuselten schwarze Overallträger die Treppen rauf und runter, oder sie bastelten an den Stahlrohren rum, die den Leuchtturm durchzogen.
Ich hatte absolut keine Ahnung, was diese Männer da taten.
Chip wollte ich nicht fragen. Mit dem war ich durch. Der hatte uns in eine ziemlich miese Lage gebracht.

Am Fuß des Leuchtturms gab's tatsächlich eine Luke. Die lag gut versteckt am Boden des Eingangsraums und war mit einem Geheimcode gesichert. Der Leuchtturm kam mir immer merkwürdiger vor.
Als wir weiter in die Tiefe stiegen, mussten wir zunächst durch eine enge Kammer, in der sich die Wendeltreppe zwischen dicken schwarzen Fässern hindurchschlängelte. Eigentlich waren das gar keine Fässer. Sie wurden nämlich nach unten hin immer dicker. Merkwürdige Dinger, bestimmt drei Meter hoch. Gehörten die zu einem Lagerraum? Waren das Tanks für irgendwas? Ich zermarterte mir das Hirn.
Chip fielen diese schwarzen Riesenfässer ebenfalls auf. Und weil er gerade sowieso total durchgeknallt war, musste er natürlich schlaue Bemerkungen machen.
»Respekt, meine Herren. Sie haben sich ja mächtig rangehalten«, sagte er in bester James-Bond-ist-elf-Jahre-alt-und-

riskiert-gerade-eine-dicke-Lippe-Manier. »Aber glauben Sie nicht, dass dem Geheimdienst Ihre Umbaumaßnahmen nicht aufgefallen wären. Was lagern Sie hier eigentlich? Oder ist das etwa ein Geheimnis?«

Blitz lachte. Sein dicker Kumpel nicht. Der machte gleich wieder auf hohen Blutdruck und wollte Chip in den Boden stampfen.

Da lachte Pyroklastus Blitz noch lauter. »Bert-Bonzo, du lässt dich zu leicht aus der Ruhe bringen. Unser junger Agent hier hat doch eine recht interessante Frage gestellt!«

»Hä?!« Bert-Bonzo fand Chips Frage offensichtlich nicht ganz so interessant. Vielleicht kapierte er sie auch nicht.

»Was wir hier lagern?«, wiederholte Blitz. »Er fragt, WAS WIR HIER LAGERN! HA – HA – HAAA!!!«

Pyroklastus Blitz schüttelte sich vor Lachen. Sein dicker Kollege formte mit seinen fetten Augenbrauen ein paar fette Fragezeichen, aber irgendwann – vielleicht weil das Lachen von Pyroklastus so ansteckend war – lachte er auch. Ein schwabbeliges Lachen, das in der engen Wendeltreppenröhre wie ein Echo hin und her ging.

»Er fragt, was wir hier lagern. Hua – hua – hua! Was wir hier lagern. Hua – hua! Gute Frage, hua – hua – hua!«

In Chips Gesicht hatte sich was verändert. Da war jetzt nicht mehr ganz so viel James Bond in seinen Augen.

»Ja, was?«, sagte er und schluckte. James Bond trug plötzlich kurze Hosen. Das sollte ein Geheimagent nicht tun.

Pyroklastus Blitz hörte auf zu lachen und sah Chip mit einem fiesen Laserschwertblick an. »Denk mal nach, du Schlaumeier!«, fauchte er.
Chip zuckte zusammen.
Und ich auch. Denn Chip und mir kam in dieser Sekunde derselbe Gedanke: AAAARRG!!! Dieser Raum war der Lagerraum für den Supersprengstoff, den die Potz-Blitz-AG dem Geheimdienst geklaut hatte.
Wenn das Ultimatum abgelaufen war, würden die Schurken verschwinden, und dieser Leuchtturm würde in die Luft fliegen. Mit der zwanzigfachen Brisanz einer viele Tonnen schweren Menge des stärksten Sprengstoffs aller Zeiten. Im Umkreis von zwanzig Kilometern wäre alles zerstört. Ausradiert. Vernichtet. Kniebelstedt lag weniger als zwanzig Kilometer entfernt.
Wir MUSSTEN diese Wahnsinnigen stoppen!
Zum Glück war Chip jetzt wieder normal. Ich merkte es daran, dass er die Klappe hielt. Wir stiegen noch mindestens hundert Meter tiefer und kamen in eine hell erleuchtete Schleusenkammer. Die glich der U-Boot-Kammer unter unserem Hauptquartier.
Es ist ja alles so einfach, dachte ich: Dieser Weg war der Fluchtweg der Typen. Müller-Piep und die Blödmänner vom Geheimdienst hatten vermutlich KEINE AHNUNG DAVON!
»Wir müssen zweimal fahren«, sagte da plötzlich der Dicke. »Das U-Boot hat nur Platz für vier. Wir schicken die Knirpse voraus und folgen nach. Los, Beeilung!«

Ja, und dann sagte Pyroklastus Blitz etwas, das alles änderte.

ALLES.

»Irrtum, wir müssen nur einmal fahren«, sagte er. »Wir haben nämlich zwei U-Boote.«

Er legte seine krummen Zähne frei und grinste wie ein Jägerzaun in Gelb. Dann öffnete er die Schleusentür.

Mir und Chip fielen die Augen aus dem Kopf.

»Monstro hat das Ding gecheckt. Alles in Ordnung. Ein prima Teil. Die wollten wohl, dass wir Nitroglitz mit dem Ding freilassen. Hätten wir nach der Memographie glatt machen können. Wenn Müller-Piep das Lösegeld nicht vergessen hätte.« Jetzt wieherte Blitz – also er lachte –, dass seine Jägerzaun-Zähne anfingen zu klappern.

Selbst der dicke Potz strahlte.

Chip und mir aber ging das Herz auf hundertachtzig: der Torpophin!

Da im Tauchbecken lag der Torpophin neben einem zweiten, größeren U-Boot.

Oh Himmel, wo steckte bloß Nudel? Was hatte der Dürre gesagt? Ein blinder Passagier? Verschwunden? Gedanken rasten durch die Steilkurven meines Gehirns. Irgendwo auf dem Meeresgrund hatte die Potz-Blitz-AG einen zweiten Standort – vielleicht sogar ihr Hauptquartier, so eine Art Uncoolatorium.

HOFFENTLICH hatte sich Nudel dort versteckt.

Wir mussten … wir mussten …

WIR MUSSTEN DEN TORPOPHIN ZURÜCKEROBERN!!!

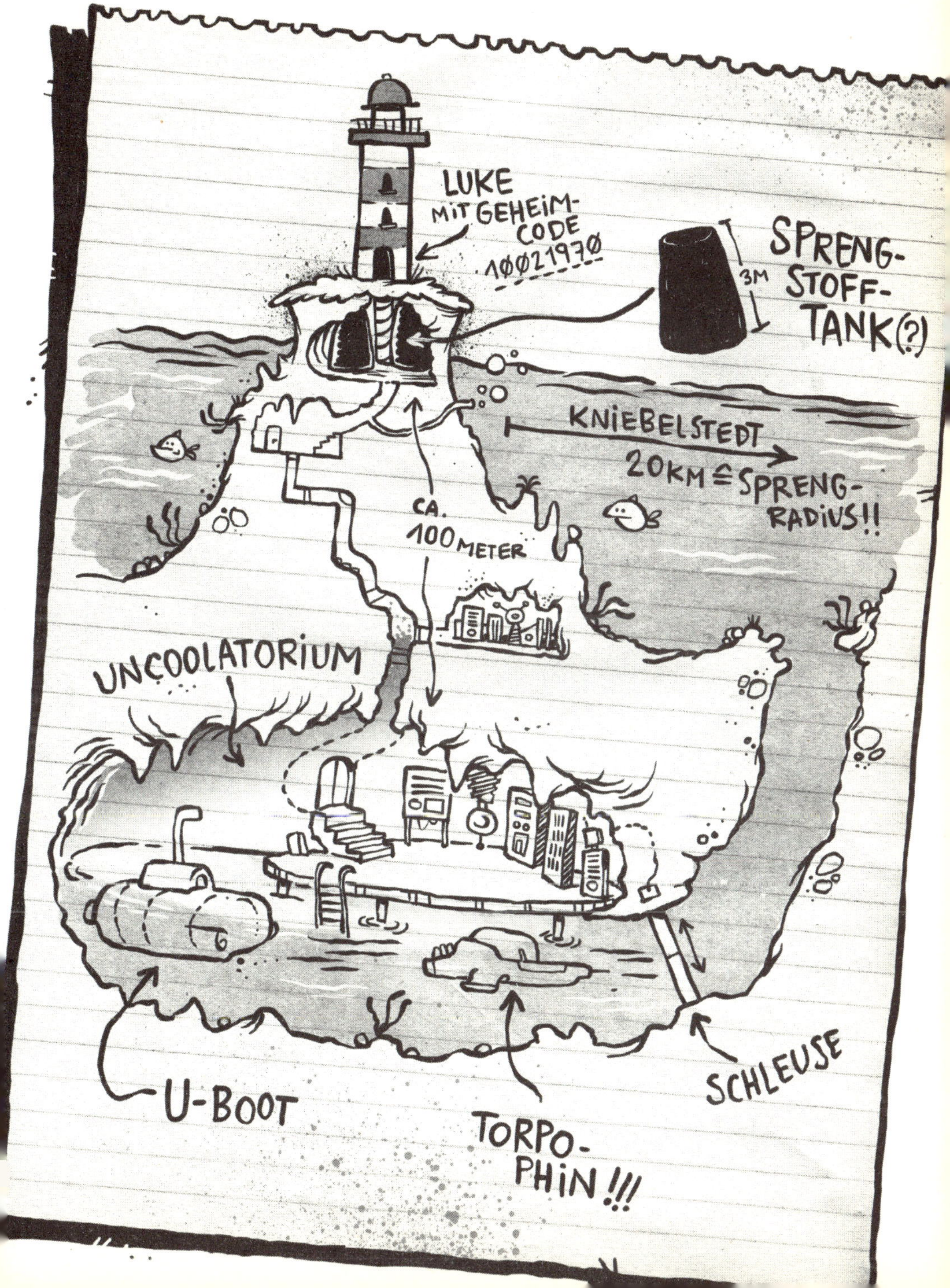
LUKE
MIT GEHEIM-
CODE
1002197O
SPRENG-
STOFF-
TANK(?)
3M
KNIEBELSTEDT
20KM ≙ SPRENG-
RADIUS!!
CA.
100 METER
UNCOOLATORIUM
U-BOOT
TORPO-
PHIN!!!
SCHLEUSE

Aber wie?
Bevor Chip wieder eine coole Idee haben konnte, die uns womöglich noch ein Stück weiter Richtung Teufels Küche brachte, machte es bei mir KLICK!
Zum Glück!
Ich setzte ein total ängstliches Gesicht auf. Und dann räusperte ich mich.
»Ich ... äh ... ich hoffe, Sie sind sich Ihrer Verantwortung bewusst und setzen Kinder keiner unnötigen Gefahr aus«, stammelte ich. »Wenn dieses U-Boot nun irgendwie ... nicht in Ordnung ist. Ich meine ... Es könnte doch sein, dass man es präpariert hat? Es fährt los und explodiert, und dann ...«
ZACK – mein Pfeil hatte getroffen.
Und zwar den dicken Potz. Der guckte sofort rüber zu seinem Kumpel Blitz und grunzte: »Die Knirpse kommen in die Minikiste. Und wir nehmen unser U-Boot. Wenn der Geheimdienst uns übertölpeln will, dann kriegen die nen Kindersarg zurück – und zwar gefüllt!«
Boah, war der fies drauf.

POTZ+BLITZ=DOOF²

MICH
EM SCHOCK
KANN.
NN HEISST ES:

WEITER IM TEXT-MIT SFD UND SFS

Chip und ich saßen einige Minuten später gefesselt und verschnürt wie Überseepakete im Torpophin und einer der Begleiter steuerte uns über den Meeresgrund. Sie hatten uns.
Dennoch fühlten wir uns großartig. Ich dachte an Johann Nepomuk von Seidel, dieses Genie. Und ich musste lächeln.
Chip räusperte sich. Er hatte recht. Ich sollte besser vorsichtig sein. Sofort zog ich wieder das Mami-ich-habe-Angst-und-deshalb-ist-mir-was-in-die-Hose-gelaufen-Gesicht. Der Typ, der den Torpophin steuerte, achtete aber gar nicht auf uns. Der war fasziniert von unserem Fischflitzer.
Der Torpophin zischte durchs Wasser. Das Meer vor Kniebelstedt ist eine ziemliche Brühe, müsst ihr wissen. Aber die zwei Scheinwerfer des Tauchboots schnitten sich durch das Dunkel wie gigantische Lichtschwerter. Unser Pilot stieß immer wieder superekelhafte Bewunderungsrülpser aus.
Das Licht des Torpophins war natürlich ebenfalls eine Erfindung von Johann Nepomuk von Seidel. Es war viel besser als das Licht des U-Boots, in dem Potz und Blitz und die zwei anderen Sicherheitsleute saßen. Deshalb folgten sie uns.
Wenn die gewusst hätten, dass der Torpophin UNS GEHÖRTE und wir das Ding in- und auswendig kannten …!

Das Beste am Torpophin ist die hochempfindliche Steuerung. Der Sicherheitstyp, den sie übrigens Schleicher nannten, wie das hin und wieder krächzende Funkgerät verriet, ahnte von nichts. Der fühlte sich einfach nur SUPER und gluckste vor sich hin. Der Torpophin gehorchte ihm wie ein Schoßhündchen, das für ein Leckerli Männchen und ähnliche Lächerlichkeiten macht.
Tja, er kannte den Reißwolf noch nicht, in den sich unser U-Boot verwandeln konnte. Schleicher bediente die Steuerung wie ein Dreikäsehoch das Lenkrad seines Feuerwehrautos im Kinderkarussell. Brumm – Brumm – Brumm. Schleichi war ein echter BLINDschleichi.
Der Torpophin befand sich im SFD-Modus (das heißt: STEUERUNG FÜR DOOFE). In diesem Modus war jeder Dödel, der erfolgreich Popelkugeln rollen kann, in der Lage, das U-Boot zu fahren. Links, rechts, rauf, runter, geradeaus: supereinfach. Wer ein Ruderboot bedienen kann, der versteht auch die SFD-Steuerung.
Tja, allerdings kennt Torpophinchen auch einen SFS-Modus.
Und SFS heißt: STEUERUNG FÜR SUPERBRILLEN.
Wir mussten nur den richtigen Moment abwarten, um …
Aber eins nach dem anderen. Chip und ich gingen STRATEGISCH vor – das heißt: klug und überlegt. Erst einmal hieß es schauen, wohin Potz und Blitz wollten.
Wir tauchten zehn oder fünfzehn Minuten lang durch nachtschwarzes Tintenmeer. Das war durchaus spannend, denn dann

und wann begegneten wir einem dieser Meeresungeheuer, die vor der Küste von Kniebelstedt leben. Die alte Waffenfabrik an der Lause und noch ein paar andere Fabriken haben nämlich JAHRZEHNTELANG giftige Abfälle einfach so ins Meer geleitet.

In Kniebelstedt wird gemunkelt, dass sogar ATOMMÜLL dabei war. Man schüttelt sich, wenn man nur daran denkt.

Deshalb ist die Lause-Insel auch so ein prima Versteck. Niemand traut sich hin. Als das Coolatorium fertig war, haben wir darum am Strand der Insel ein Schild aufgestellt mit der Aufschrift: ACHTUNG! RADIOAKTIV VERSEUCHT!

Bessere Anti-Werbung gibt's gar nicht!
BOMMM!!!
Ein riesiger Krakenarm wummerte ans Sichtglas des Torpophins. Schleichi ächzte vor Schreck. Er hätte mal besser aufpassen sollen in seinem Kinderkarussell. Dank Torpis Superscheinwerfer war der Krake nämlich schon lange zu sehen gewesen. Eine echte Mutation. Mindestens fünf Meter lange Tentakeln und leuchtende Augen im Kopf. Grüne Smaragdleuchtaugen. Irgendwie sah der Krake gaga aus. Vermutlich hielt er den Torpophin für einen mutierten Kumpel, dem er mal eben auf die Schulter klopfen wollte.
Der Torpophin aber wich nach dem ersten Kontakt elegant aus und summte durch einen Schwarm mutierter Seepferdchen, die lassoschwingend durch ein Feld mutierter Seegurken galoppierten. Die Lassos bestanden aus mutierten Aalen, die nicht bloß ein bis zwei Meter, sondern zehn bis zwanzig Meter lang waren. Schleichi quäkte irgendwelches unverständliches Zeugs in das Mikro, das ihn mit dem Potz-Blitz-U-Boot verband. Potz und Blitz hielten ihn für leicht durchgedreht, denn an Bord des anderen U-Bootes konnten sie wegen der schlechten Scheinwerfer ja nichts sehen.
Bevor wir erkennen konnten, was die Seepferdchen mit ihren Lassos jagten, waren wir auch schon weiter. Ein Torpophin ist schnell wie ein Torpedo.
Jetzt lag nur noch toter Meeresboden vor uns. Das ist der Nachteil von Abwässern aus alten Waffenfabriken: Entweder es gibt

Mutationen, oder es stirbt alles ab. Der Meeresboden hier sah aus wie Unterwasserwüste. Kilometerweit. Öde und leer.
Wohin wollten Potz und Blitz nur?
Langsam begann es echt zu nerven, dass sie uns verschnürt hatten wie Pakete. Das musste sich ändern.
»Monstro voraus!«, näselte Schleichi in diesem Moment.
Tatsächlich. Ich hatte ein paar Sekunden lang nicht aufgepasst. In einiger Entfernung erhob sich am Meeresboden ein gräulich bläuliches Kissen.
Nein, das war kein Kissen, das war …
Ein Kissen mit Lichtern dran?
Ein Kissen mit Lichtern und einem Maul wie ein …

UAAAAH!!!

MONSTRO!
Ein U-Boot, das aussah wie ein dreihundert Meter langer, unglaublich fetter POTTWAL. Ein mutierter Pottwal, der am Meeresboden die Nacht verbrachte und schlief.
Wie spät es wohl war?
Verdammt, ich konnte die Armaturen am Steuersitz des Torpophins nicht erkennen. Jetzt reichte es aber endgültig.
Zeit für SFS. Steuerung für Superbrillen.
Ich sah Chip an – Chip sah mich an.
Chip räusperte sich, und dann …
Knister, Knister … kam ein Funkspruch.
Chip, der den Mund schon geöffnet hatte, hielt die Luft an und

lauschte. Es war die Stimme von Blitz: »Schleicher, du bringst die Knirpse sofort zu Wackldackl. Der soll sie checken, wenn er mit Nitroglitz fertig ist. Benzini und Häuflein sollen die Ergebnisse auswerten. Die anderen sind ja leider noch nicht auf unserer Seite. Also, hör zu: Professor Geigenzähler und Doktor Schockfrost dürfen das Memogramm von Nitroglitz KEINESFALLS sehen, verstanden? Und schon gar nicht Doktor Schnappschuss!«

»Äh, ja, Boss. Keinesfalls! Und – äh – schon gar nicht. Ich meine: Schlappschluss. Geht gar nicht … Ge … Genau!«, erwiderte Schleicher.

Ob der kapiert hatte, was man von ihm wollte?

Chip und ich jedenfalls machten uns unseren eigenen Reim darauf. Wackldackl, Benzini, Häuflein – die Namen hatten wir schon mal gehört, als sie Professor Nitroglitz aus seiner Zelle im Leuchtturm geschleppt hatten.

Jetzt dämmerte uns, dass Potz und Blitz mehrere Wissenschaftler entführt hatten, die an der Erfindung eines Memographen beteiligt waren. Und dass der Memograph – na klar – ein Gerät war, um Gedanken zu lesen. Mit diesem Gerät wollten sie Professor Nitroglitz durchleuchten.

Drei der Wissenschaftler machten mit Potz und Blitz gemeinsame Sache: dieser ominöse Professor Wackldackl und die beiden Typen namens Benzini und Häuflein. Die anderen waren wohl nicht bereit, mit den Schurken freiwillig zusammenzuarbeiten.

Gut zu wissen für uns.
Und dann fing das Meer laut an zu knarzen:

QUIiÄÄÄÄÄUUUUUUUUAAAARRRRRGGGGGGGG!!!

O SHIT! Der schlafende Pottwal, dieses GIGA-U-BOOT Monstro erwachte, öffnete das Maul und wollte uns verschlucken!
Was sich da öffnete, war natürlich die Schleuse für die Mini-U-Boote. Wir sollten dort reinfahren und dann zu diesem Wackldackl gebracht werden. In weniger als einer Minute war es vorbei mit der Möglichkeit zu fliehen.
CHIIIIP!!! SCHNEEEEELLLL!!!
Meine Gedanken erreichten ihr Ziel.
Chip öffnete wieder den Mund, holte noch mal tief Luft und sprach den Satz, der alles veränderte.
DEN MAGISCHEN SATZ!
»Kokoskuchen klebt an klobigem Kuhmaul klagt kühles Kürbiscreme-Quartett im Katzenkörbchen!«
Das war an diesem Tag die Geheimparole für den Torpophin.
Ihr wundert euch über den Spruch? Na ja, unser Steuermann Schleichi tat es auch. Immerhin hatten weder Chip noch ich in den vergangenen Minuten was gesagt. Schleichi drehte sich um. In dieser Sekunde schaltete der Torpophin auf SFS: Steuerung für Superbrillen.
Johann Nepomuk von Seidel hatte nämlich dafür gesorgt, dass der Torpophin IMMER auf uns hört, egal wer das Boot gerade steuert. Dazu müssen entweder Nudel, Chip oder ich die gültige

Geheimparole sprechen. Sobald wir die laut ausgesprochen haben, kennt das U-Boot nur noch drei Befehlsgeber: uns.
»Kommandostand räumen!«, rief ich.
»K1 und K2 schleunigst entwickeln!«, rief Chip.
»Kombinationsauftrag!«, fügte ich hinzu.
Und dann rief Chip noch: »Illusionsflucht!« – was eine fast noch bessere Idee war.
»He, was wird das da?« Das war Schleichi.
Plötzlich flackerten überall Lichter. Der Kommandosessel zuckte, und – ZACK – hatte er Schleichis Hintern eingezwängt.
»Loslassen! Loslassen, blöder Sessel!«, kreischte er. Aber nichts da: Der Sessel war auf Po-Klemme programmiert, und darin war der Sessel RICHTIG GUT!
Während Schleichi mit seinem Hintern kämpfte, öffnete sich zwischen Chip und mir eine Klappe im Boden des Torpophins. Heraus kam eine Roboterhand mit Fingern, die an die Klingen eines Schweizer Taschenmessers erinnerten – mit Schere, Schraubenzieher, Kneifzange, Lötkolben, Nagelfeile, Zahnarztbohrer, Zapfpistole und ähnlichem Zeugs.
SSSST schnitt die Messer-Hand unsere Fesseln auf.

Weil ich »Kombinationsauftrag« gesagt hatte, öffneten sich – **KRICK-KRACK** – zwei weitere Klappen an den Seitenwänden des U-Boots, aus denen – exactly! – zwei weitere Hände hervorschossen. Blitzschnell übernahmen sie die Fesseln von Chip und mir und wickelten damit Schleichi ein.

Du meine Güte, machte der einen Lärm. Half ihm aber nichts.

Nun durchlief der Torpophin das Programm Illusionsflucht.

Torpi war außen mit derselben Tarnfarbe bestrichen wie der Falkokopter. Eben noch war da ein schnittiges, torpedoähnliches U-Boot durchs Wasser gesaust. Und dann, so wie man das Licht ausschaltet, war es verschwunden.

KLICK – FUTSCH.

Die Tarnfarbe spiegelte die Umgebung wieder: trübes Wasser, mutierte Seegurken, Abfall aus der Lausemündung. Doch das Verfolger-U-Boot mit Potz und Blitz an Bord merkte nichts von unserem Verschwinden. Die sahen weiterhin den Torpophin.

Wie das funktionierte?

Ganz einfach: mit einem Illusions-Torpedo. Im selben Moment, als der Torpophin unsichtbar wurde, verschoss er einen Torpedo, der aus nichts bestand als aus einem Bild des Torpophins. Dieses Bild flitzte in das nun weit geöffnete Maul des dicken U-Boots namens Monstro. Und das U-Boot von Potz und Blitz zockelte brav hinterher. Bis die gemerkt hatten, dass wir verschwunden waren, hatte sich das Maul längst wieder geschlossen, und wir waren gut versteckt.

HA!

Chip und ich klatschten uns ab. Aber wir durften keine Zeit verlieren. Wir mussten uns schnellstens Zugang verschaffen zu Monstro. Allerdings ohne dass man uns wieder festnahm.

Winzig wie ein Putzerfisch surrte der Torpophin um das Riesen-U-Boot herum und suchte eine geeignete Stelle. Immer wieder gab Chip den Stethoskop-Befehl, und der Torpophin legte ein ultraempfindliches Hörrohr an die Außenhaut von Monstro. Die Laute, die wir dann empfingen, mussten wir sehr genau analysieren.

Beim ersten Versuch gluckste und blubberte und gluckerte es. Außerdem war da ein heftiges Brummeln zu hören und eine Art Tröten.

Chip grinste.

»Mannomann, da pupst aber einer!«

»Die Bordtoilette?«

»Exactly!«

»Bloß nicht!«, sagte ich. »Womöglich bohren wir den Gülletank unter dem Klo an.«

Das wollten wir auf keinen Fall. Also tuckerten wir ein Stück weiter, horchten wieder, tuckerten nochmals weiter und nochmals, bis wir an eine interessante Stelle nahe Monstros Heckantrieb kamen.

Dort hörten wir Leute, die über den Memographen sprachen. Das konnte nur eins bedeuten: Wir befanden uns ganz in der Nähe von Nitroglitz!

»OK«, sagte Chip. »Entern!«

»Entern!«, wiederholte ich. »Operation Blutegel.«

»Operation Blutegel«, wiederholte Chip.

Genau wie ein Blutegel sich an sein Opfer legt, ging auch unser Torpophin vor. Leise summte er unter die Heckflosse von Monstro. Mit dem Bauch voran dockte er dort an – so vorsichtig, dass es selbst die besten Ortungsinstrumente an Bord des Riesen-U-Bootes nicht bemerkten. Dann – SSSSRRRRRRRRR!!! – fräste der Egel-Raspolator an der Unterseite des Torpophins ein kreisrundes Loch in Monstros Außenhaut – und schon hatten wir Zugang.

Natürlich war der Torpophin von außen nicht erkennbar. Er klebte wie ein echter Blutegel an Monstro, aber wegen des Tarnanstrichs blieb er vollkommen unsichtbar.

GEILE SACHE!!!

Chip und ich guckten durch das Loch.

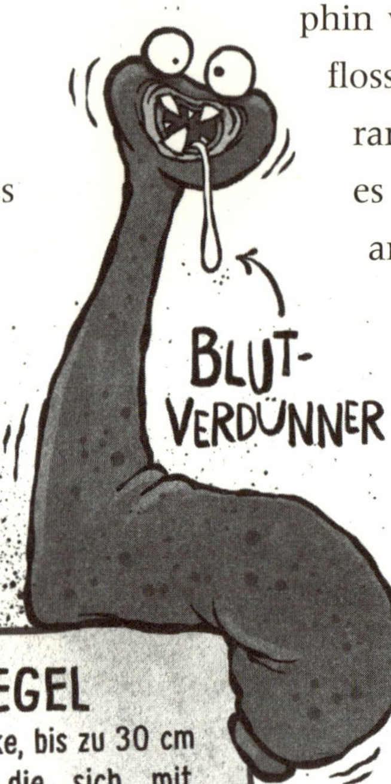

BLUTEGEL

Blutegel sind dicke, bis zu 30 cm lange Würmer, die sich mit Saugnäpfen festhalten können. Sie haben im Kopf drei Kiefer mit Raspelzähnchen. Wenn sie sich an einem Körper festsaugen, raspeln die Zähne sich durch die Haut. Dann sondern Speicheldrüsen einen Stoff ab, der die Blutgerinnung verhindert. Auf diese Weise zapfen Blutegel ihr Opfer an. Das klingt ekelhaft, aber Blutegel werden sogar in der Medizin eingesetzt. Ihr Speichel ist nämlich wie ein Medikament, das gegen Entzündungen und Erkrankungen der Adern hilft.

KURZE VERSCHNAUF-PAUSE

ENDLICH SEHEN WIR WAS, ABER:

Drüben im Pottwal war es ziemlich dunkel. Da befand sich eine Abstellkammer oder Kleiderkammer oder so was. Wir hatten genau den richtigen Punkt angebohrt.

Ausgerüstet mit unseren Coolator-Brillen schlüpften wir rüber und verschlossen das Loch mit einem Tarndeckel.

Konnte ja sein, dass jemand diesen Raum betrat, und dann …

Na, ihr wisst schon.

Aber was kam jetzt? Wir hatten beschlossen, uns diesen Professor Wackldackl vorzuknöpfen. Wackldackl, Benzini und Häuflein. Diese drei waren Verbündete von Potz und Blitz, und sie würden sich Nitroglitz vornehmen. Außerdem hatte Pyroklastus Blitz davon gesprochen, dass Wackldackl auch uns untersuchen sollte. FALLS Nudel also hier im Riesen-U-Boot gefangen war, war die Chance groß, dass auch er es irgendwie mit diesem Wackldackl zu tun bekommen hatte.

In der Kammer lagen weiße Kittel, wie sie Wissenschaftler und Forscher im Labor tragen. Wenn hier alle in solchen Dingern rumliefen, wollten wir nicht auffallen. Also zogen wir uns welche über.

Na ja, die Ärmel waren ein bisschen lang, und der Kittelsaum hing ziemlich tief …

Egal. Wir machten uns auf die Suche nach Professor Wackldackl und hatten auch schon eine prima Idee, wie wir ihm gegenüber auftreten würden.

Dabei spielten unsere Coolator-Brillen eine entscheidende Rolle, und außerdem Geheimrat Benzini und Doktor Häuflein.

Als wir die Tür der Kammer vorsichtig öffneten, befanden wir uns genau gegenüber den Büros von Benzini und Häuflein. Bingo!

Der Gang lag da wie tot.

Na, wenn das kein Glück war.

Also schnell den Coolator aufgesetzt, und Tsching – Tschang – Tschong:

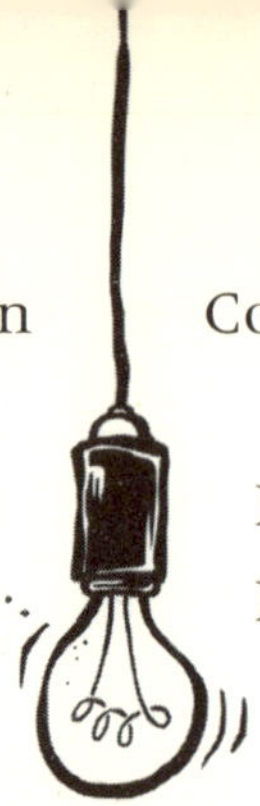

Chip nahm sich Benzini vor.

Und ich Doktor Häuflein.

Ich klopfte an die Tür von Häuflein, Chip an die Tür von Benzini.

»Ja, bitte?«, quäkte es uns entgegen.

Stufe eins war gezündet. Ich öffnete und trat ein, den Coolator auf der Nase.

Hallo, hier kommt Mister WICHTIG!

Vor mir stand ein Mann, der noch kleiner war als ich und ungefähr hundertmal älter. Sein Kopf sah so schrumpelig aus wie der einer alten Riesenschildkröte. Auf der Glatze des Schrumpelkopfs spiegelte sich die Deckenlampe, die über einem Schreibtisch voller Papiere hing.

Doktor Häuflein trug eine Brille mit Gläsern dick wie Flugzeugträgerpanzerung. Die Augen dahinter glotzten mich kristallkugelgroß an. Eine Schildkröte, blind wie ein Maulwurf. Einen Moment lang befürchtete ich, dass Häuflein mit dieser Glupschaugenbrille den Coolator durchschauen konnte. Fast wäre mir mein erster entscheidender Satz im Hals stecken geblieben.

GULP! – Ich schluckte.

»Jaaa?«, quäkte Doktor Häuflein.

Ach du je. Seine Stimme klang übel nach Frosch. Ein Riesenschildkröten-Maulwurf-Frosch. Ich hätte mich nicht gewundert, wenn er jetzt mit der Zunge eine Fliege gefangen hätte. Fliegen gab es im Pottwal aber wohl nur wenige.

»Wer – ähem – hem … Wer sind Sie?«

Reiß dich zusammen, KISTE!!!, rief ich mir in Gedanken zu. Der Coolator ist ein Wunderinstrument. Er ist unsere größte Waffe, unser Laserschwert, unser Zauberring. Aber nur, wenn man sich nicht anstellt wie ein Volltrottel.

Ich hab's zwar schon mal gesagt, aber ich muss es hier wiederholen: Der Coolator macht Erwachsene aus uns. Nicht irgendwelche Bananenkrummbieger, sondern TOTAL WICHTIGE TYPEN: Chefs, Leute, die was zu sagen haben. So richtige Oberfuzzis. Mit Coolator-Brille auf der Nase sind wir zwar immer noch elf Jahre alt und nicht größer als ein Schirmständer (Chip), ein Panzerschrank (ich) oder eine Standuhr (Nudel). Aber Erwachsene, die uns mit Coolator sehen, erkennen uns nicht mehr als Kinder. Für die sind wir Doktor Soundso, Professor Pingpangpong oder Herr von Zackenausderkrone.

Im allerersten Moment allerdings ist die Sache kritisch. Wenn wir den Coolator tragen und einem Erwachsenen begegnen, dann macht das Gehirn des Erwachsenen etwas, was es nur ganz selten tut: Es DENKT KRÄFTIG NACH. Das muss es auch, denn das Gehirn des Erwachsenen trifft auf etwas AUSSERGEWÖHNLICHES. Das Gehirn SIEHT (mit den Augen) einen Elfjährigen. Das Gehirn empfängt aber Signale, die da heißen: HEY, DIES IST KEIN KIND, AUCH WENN ES AUSSIEHT WIE EIN KIND. DIESES KIND IST EIN ERWACHSENER, UND ZWAR …

Genau: Bei UND ZWAR heißt es aufpassen. Das UND ZWAR darf man nicht versemmeln. Dieses UND ZWAR muss man

DAS GEHIRN

Das Gehirn ist die Kommandozentrale, die jeder besitzt. Es hat mehrere Abteilungen – Großhirn, Kleinhirn, Zwischenhirn, Hirnstamm und besteht aus 100 Milliarden Nervenzellen, NEURONEN genannt, mit über 100 Billionen Verbindungen.
Das Gehirn speichert Erinnerungen und ermöglicht Denken und Fantasie. DENKEN und FANTASIE sind Sachen, die Computer nicht können. Ein Computer rechnet 100.000 Mal schneller als du, aber er kann NICHT DENKEN. Das DENKEN findet in der GROSSHIRNRINDE statt. Wie beim Computer sind es übrigens elektrische Impulse, die in den Neuronen ablaufen. Das Wort GEDANKENBLITZ ist also gar nicht so falsch.

unterstützen. Wenn der Erwachsene einen Coolator-Träger sieht und seine ausgeleierten Denkfalten in Bewegung geraten, dann muss man ihm einen Tipp geben. Einen Hinweis. Man muss zum Beispiel sagen: »Hallo. Mein Name ist Olaf Schmieröl. Mir gehören sämtliche Ölfelder in der Wüste von West-Fossilien. Mir fällt das Geld nur so aus der Tasche.« ZACK, dann hat der Erwachsene kapiert. Von dem Moment an kriecht er hinter dir her und versucht das Geld aufzusammeln, das dir natürlich gar nicht aus der Tasche fällt. HA-HAAA!

Ja, und diesen UND-ZWAR-Moment drohte ich bei Doktor Häuflein gerade aufs Übelste zu versemmeln.

WER WAR ICH DENN BLOSS??

Denk-denk-denk-denk-denk ...

Zum GLÜCK bin ich KEIN Erwachsener und hatte in dem Moment, als Doktor Häuflein schon wieder einen Froschlaut loslassen und vollends verwirrt sein wollte, eine geniale Idee:

»Ah, gut dass Sie hier sind, Häuflein«, brummelte ich, »Professor Wackldackl sagte gerade zu mir: Geheimrat Benzini, holen Sie doch mal den lieben Doktor Häuflein und kommen Sie zum Memographen. Es geht um Nitroglitz.«

Doktor Häufleins Augen hellten sich auf (was ich durch die Flugzeugträgerpanzerglasplatten seiner Brille gut erkennen konnte. Es sah aus, als bewegten sich da zwei in einer doppelten Taucherbrille gefangene Quallen).

»Ah, Benzini. Sie sind's. Schön. Schönschön! Ähem ... hem«, quakte er. Von jetzt an war ich also Geheimrat Benzini für ihn.

Ich hoffte bloß, dass Chip keine Schwierigkeiten mit dem echten Benzini bekam. Wenn der nun plötzlich in der Tür erschien und Doktor Häuflein uns beide sah, würde ein Teil seines Gehirns in Schwingungen geraten. Gehirnschwingungen konnten den Coolator-Effekt zerstören. Also musste ich höllisch aufpassen und Häuflein so schnell wie möglich hypnotisieren.
Das kann der Coolator nämlich auch.
Allerdings musste Häuflein mir dazu lange in die Augen – also auf die Brille – schauen. Doktor Häuflein war aber zum Glück fasziniert von meinem Coolator. Weil er selbst Brillenträger war, achtete er wohl auf so was und guckte sich die Brille genau an. Ich konnte es kaum fassen.
»Das sind ja ganz vorzöögliche Gläser, ganz vorzööögliche, ähem, die Sie da tragen, mein lieber Geheimrat«, quakte er. »Ob mir so was wohl auch stehen würde – ähem … hem?«
»Oh, Doktor Häuflein, ganz bestimmt!«, beeilte ich mich zu versichern. »Dieser Cool… äh, ich meine, diese coole Sonnenfleckenbeobachtungsbrille gibt es auch für Maulw… ich meine für Frösch… also für, ähem, Doktoren mit Schildkrö… also mit Sehschwierigkeiten. Schauen Sie mir mal in die Augen, damit ich sehen kann, wie dick die Gläser sein müssten.«
»Gern, gern – ähem… hem!«, räusperte sich Häuflein und reckte den Schildkrötenhals.

ZOOOOOOOOOMMM!!!

»Was zucken Sie denn – ähem … hem – so mit der Nase, ähem?«
Tja, ich brauchte Doktor Häuflein mein Nasenzucken gar nicht

zu erklären, das natürlich den Hypno-Modus des Coolators einschaltete.

»Du bist ein Frosch«, murmelte ich beschwörend. »Du bist ein braver Frosch und an der Wand dort drüben wird gleich eine Fliege auftauchen.«

»QUAK!«, antwortete Doktor Häuflein

Ich freute mich. »Eine Fliege. An der Wand«, wiederholte ich.

»Quak! Quak!«, kam es von Doktor Häuflein.

Er hopste zur Wand.

Dort blieb er stehen und starrte hoch.

Jetzt wartete er auf die Fliege.

Das dürfte so ein, zwei Stunden anhalten.

Ich war erleichtert. PUH! Das mit der Hypnose hatte prima geklappt. Doch in dem Moment, als ich aus dem Zimmer stürmen wollte, fiel mir ein, dass ich was Wichtiges vergessen hatte.

MIST! Der Memograph!

Ich rannte noch mal zurück zu Häuflein, dem Frosch.

»Lieber Doktor Häuflein. Sie müssen mir verraten, wo sich in diesem Riesen-U-Boot der Memograph befindet!«

»QUAK!«, antwortete Häuflein.

MIIIIIST!!!

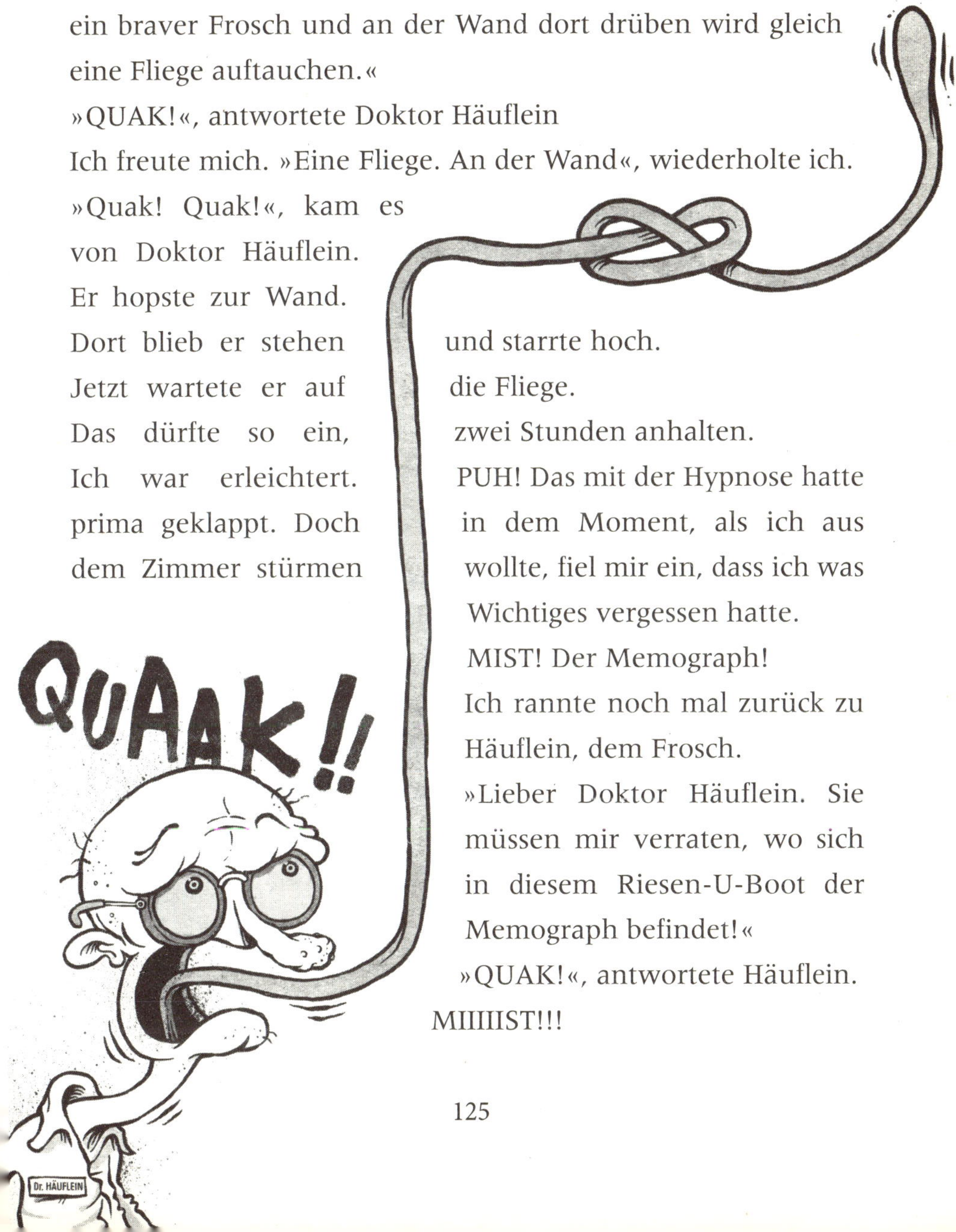

Ganz ruhig bleiben, Kiste, sagte ich mir. Also noch mal:
»Lieber Doktor Häuflein. Die Fliege, die gleich an der Wand vor Ihnen erscheinen wird, hat ein Problem. Sie findet den Weg vom Memographen zu Ihnen nicht. Man hat ihr im Memographen das Gedächtnis geklaut. Können Sie ihr helfen?«
Doktor Häuflein hopste zweimal auf der Stelle. Donnerwetter, jetzt arbeitete sein Froschgehirn aber SEHR ANGESTRENGT. Man merkte gleich, er war ein Wissenschaftler!
»Vom Memographen – ähem… Quak… ähem – den langen Flur auf Ebene 3 Richtung Fahrstuhl Z. Dann Ebene 1 – Quak – Ausgang Nord-Nord-Süd-Ost-West – ähem… Quak. Durch den Flur G zu Ausgang D1, Nebengang X3 parallel zu den – Quak, Quak – Gängen zur großen mittleren Schleuse, wo die Vesuvio vor Anker liegt – ähem… Quak… ähem – dann Fahrstuhl E5 Ebene minus ½. Gang C, 25 Meter rechts. Gang Zeta-Omega römisch IV – Quak! Quak! – 30 Meter halbrechts. Tür 4, Gang rechts. 15 Meter – bis zur Tür – Quak!«
UFFFFF!
»Vielen Dank, Doktor Fröschlein… äh: Häuflein!«, sagte ich.
Doktor Häuflein quakte wieder, und ich hörte ein feuchtes Geräusch an der Wand vor ihm. Na, Mahlzeit! Seine Zunge musste wohl schon mal prüfen, ob die Fliege bereits eingetroffen war.
Ich lief los.
Nun fragt ihr euch sicher, wie ich mir das alles merken konnte, was Doktor Häuflein da gesagt hatte. Vor allem: wie ich den

Weg vom Memographen bis zu Häufleins Büro im Kopf umkehren und in den Weg von Häufleins Büro zum Memographen verwandeln konnte.

Tja: Trug ich einen Coolator oder trug ich keinen Coolator? Und war der Coolator das coolste Superagenten-Tool der Welt oder nicht?

Der Coolator war natürlich ERSTENS ein prima Sprachspeicher und ZWEITENS ein NAVI!

Als ich loslief und die Tür öffnete, leuchtete vor meinen Augen bereits der Wegeplan durch das U-Boot, und ICH war ein blinkender Pfeil in diesem Bild. Ich musste bloß noch Chip einsammeln, dann konnten wir los.

Chip stand bereits ungeduldig vor der Tür. Er hatte Benzini genauso bearbeitet wie ich Doktor Häuflein.

»Mann, der Herr lässt sich ja Zeit«, brummelte Chip. »Gestatten: Häuflein. Wir müssen den Weg noch rausfinden.«

»Geheimrat Benzini!«, sagte ich und hob den Kopf wie ein Pfau. »Den Weg kenne ich bereits. Folgen Sie mir!«

»Bitte???«

Chip war ZIEMLICH verdattert. HA! Den Weg zum Memographen hatte also nur ICH herausgefunden. Das imponierte ihm mächtig.

Unterwegs erfuhr ich, dass Chip Geheimrat Benzini beim Hypnotisieren in eine Lampe verwandelt hatte. Benzini war nämlich ein Riesenangeber und hielt sich für das hellste Licht der Welt.

Chip lachte sich fusselig, als er mir auf dem Weg durch Gänge, Etagen, Zeta-Omega römisch Blablabla und so weiter erzählte, wie sich Benzini nach der Hypnose einen Putzeimer auf den Kopf gesetzt hatte, weil Chip ihm versichert hatte, der Putzeimer sei ein cooler Lampenschirm. Jetzt spielte der Angeber für die nächsten Stunden Standleuchte. Und zwar im Dunkeln. Aber Chip hatte noch was anderes rausgefunden. Etwas, was fast genauso gut war wie der Weg zum Memographen, den ICH gefunden hatte:

Chip wusste, was es mit der VESUVIO auf sich hatte.

Diesen Namen hatte Doktor Häuflein ja auch genannt.

Die Vesuvio war ein Frachtschiff der Regierung, das Monstro, also das Riesen-Walfisch-U-Boot, verschluckt hatte.

Dieses Frachtschiff lag mitten in dem dicken Wal vor Anker. Vor einer riesigen Unterwasserschleuse. Und ihr Laderaum war bis obenhin vollgestopft mit kataklysmisch-tetra-tonarem Minimus-Nitrat.

Bis vor einigen Tagen hatte die Vesuvio in einem Hafen nahe der Geheimdienstzentrale gelegen, als plötzlich nachts der Riesenwal auftauchte, das Maul öffnete, das Schiff verschluckte und verschwand. Und dann hatten sich die Erpresser bei der Regierung gemeldet.

Das bedeutete also, die Erpresser hatten ein ganzes Frachtschiff voll mit dem gefährlichsten Sprengstoff der Welt in ihrer Gewalt. Sie hatten im Fuß des Leuchtturms vor der Küste von Kniebelstedt einen Teil dieses Sprengstoffs gebunkert und wollten dort alles in die Luft jagen. Dann würden sie mit dem Riesenwalfisch Monstro weitertauchen und die nächste Erpressungsaktion starten.

Wir mussten schleunigst dafür sorgen, dass Pyroklastus und sein Kumpel, der dicke Potz, gefangen genommen wurden. Und der Sprengstoff musste auf jeden Fall unschädlich gemacht werden.

Auf unserem Weg zum Memographen begegneten uns jetzt jede Menge Leute in Potz-Blitz-AG-Uniformen. Aber Chip und ich trugen ja den Coolator. Außerdem hatten wir uns Namensschilder angesteckt. Dick und fett standen unsere Namen da drauf:

DR. HÄUFLEIN
GEHEIMRAT BENZINI

Niemand wunderte sich über uns. Daran änderte sich auch nichts, als plötzlich Alarmsirenen an Bord losgingen und Stimmen über Ganglautsprecher zu hören waren. Es war der dicke Potz, der sprach.

Nein, er sprach nicht, er brüllte. Er brüllte was von einem Mini-U-Boot, das entkommen sei. Und er brüllte, dass sämtliche Horchposten besonders intensiv horchen sollten und dass in den nächsten Minuten vollkommene Ruhe an Bord herrschen müsse, weil die Horcher sonst nichts würden hören können von dem Mini-U-Boot, das sich womöglich ganz in der Nähe von *Monstro* befand.

Ja, dachte ich, du trägst dein Gehirn ja wohl auch in einem Putzeimer spazieren. Potz selbst machte einen solchen Lärm, dass draußen das Meer hätte beben können, ohne dass man es im U-Boot bemerkte. Irgendwann war über Lautsprecher zu hören, wie Blitz ihm das am Mikrofon sagte. Und dann war Ruhe. Alle an Bord schienen jetzt wirklich nach draußen zu lauschen, nach den Geräuschen des Torpophins.

Der aber lag wie ein Blutegel angedockt an Monstro friedlich da. Völlig geräuschlos.

Wir erreichten auf leisen Sohlen den Raum, in dem Potz und Blitz den Memographen aufgebaut hatten. Hoffentlich befand sich Nudel dort.

Der entscheidende Moment war gekommen. Würden wir Nudel finden und retten können? Und Professor Nitroglitz? Hoffentlich hatte dieser finstere Professor Wackldackl nicht zu viele Helfer da drinnen. Bewaffnete Helfer womöglich. Das würde uns die Sache ECHT schwer machen.

Wir atmeten einmal tief durch, öffneten die Tür und…

DANN...

... wäre uns vor Schreck beinahe der Coolator von der Nase gesprungen.

Der Raum war groß und hell erleuchtet. Lichter blinkten an Maschinen. In der Mitte des Raums stand ein hoher Stuhl. Darüber hing ein riesiges Maul. Nein, das war eine Art Frisierhaube. Unter dieser Frisierhaube saß Professor Nitroglitz, verdrehte die Augen und öffnete den Mund wie ein Fisch. Er sah ziemlich belämmert aus. Und die Frisierhaube machte einen Lärm wie ein Staubsauger.

Die saugt das Gedächtnis aus Nitroglitz raus, dachte ich.

Mehrere Wachtypen mit dicken Pistolen standen da rum. Sie bewachten Nitroglitz und drei weitere Wissenschaftler.

Das mussten Doktor Schnappschuss, Professor Geigenzähler und Professor Schockfrost sein.

Die mussten ja bewacht werden, weil sie NICHT mit Potz und Blitz zusammenarbeiteten. Sie blätterten in irgendwelchen Computerausdrucken herum. Vermutlich das, was der Staubsauger aus dem Gehirn von Nitroglitz rausgeholt hatte.

Was für ein Lärm!

Aber das war natürlich NICHT der Grund, weshalb wir uns so sehr erschraken. Wir waren geradezu erstarrt vor Schreck. Chip und ich mit unseren Coolator-Brillen auf der Nase standen da in der Tür und...

A G
OOOOOÖOOÖHH
Prof. Kollodius Nitroglitz

… vor uns stand der Mann, der allen im Raum Befehle erteilte. Professor Wackldackl.

Der Mann, der Nitroglitz unter den Staubsauger gesetzt hatte und ihm das Wissen um die Sprengstoff-Formeln aussaugte.

Vor uns stand …

NUDEL!

In einem weißen Laborkittel.

»NU …!«, sagte Chip und konnte sich gerade noch bremsen.

»D … D … D …!«, stotterte ich. Wir durften ja um Himmels willen nichts verraten.

»Ah, die Herren Benzini und Häuflein!«, rief Nudel. Er trug nämlich ebenfalls ein Namensschild. Auf dem stand dick und fett:

PROF. DR. RER. NAT. QUACK. WACKLDACKL
(ICH HABE IMMER RECHT!)

War Nudel etwa …? Also gehörte er zu …? Hatte er sich bei Potz und Blitz vielleicht …?

Ach, Quatsch! Als Nudel bemerkte, dass sich Chips und mein staunender Mund gar nicht wieder schließen wollten, verdrehte er die Augen.

»Wird aber mal Zeit, dass Sie kommen!«, sagte er. In seiner Stimme war deutlich zu hören, was er uns eigentlich sagen wollte: NUN WACHT MAL AUF! ICH HAB SCHON GEDACHT, IHR SCHAFFT DAS NICHT RECHTZEITIG! GLAUBT IHR ETWA, ICH HABE DIE GANZE ZEIT ÜBER DÄUMCHEN GEDREHT?

Es war ihm tatsächlich gelungen, Professor Wackldackl auszutricksen. Und in diesem Augenblick erleichterte er Nitroglitz mithilfe des Memographen um seine Formelsammlung für den Supersprengstoff …

Die bewaffneten Potz-Blitz-AG-Leute hielten uns tatsächlich für Wackldackl, Häuflein und Benzini. Und auch die drei Wissenschaftler, die sich weigerten, freiwillig mit Potz und Blitz zusammenzuarbeiten, erkannten nicht, wer wir in Wirklichkeit waren. Dafür bemerkte ich, dass die Wissenschaftler angekettet waren. Dicke Fußketten trugen sie! Und sie guckten grimmig.

Professor Geigenzähler erhob

sich und schlurfte, das Kettenende hinter sich herziehend, auf Nudel und uns zu. In seiner Hand hielt er einen Stapel Papiere.
»Ihr Verrat wird Ihnen noch leidtun, Wackldackl«, knurrte er und hielt Nudel die Papiere hin.
Chip und mich beachtete er gar nicht. Wackldackl war offenbar DER BÖSE. Er war der Doktor Frankenstein hier an Bord.
»Sie machen sich eines unglaublichen Verbrechens schuldig. Sie sind unwürdig, Wissenschaftler genannt zu werden!«, giftete Geigenzähler weiter, und die Papiere in seinen Händen zitterten.
Nudel nahm sie ihm ab. Geigenzähler wollte den Papieren nachhechten, aber seine Kette hielt ihn zurück. ZACK!
Autsch!
»Nehmen Sie es nicht persönlich, Geigi«, meinte Nudel und grinste schief.
Geigi? Du meine Güte, der hatte Nerven.
Geigis Kopf fing an zu glühen.
»FÜR SIE IMMER NOCH PROFESSOR DOKTOR GEIGENZÄHLER!« Sein Mund öffnete sich wie ein Sicherheitsventil bei Überdruck. »Ich bin erschüttert über Ihr Verhalten, Wackldackl! Sie haben keinerlei Verantwortungsgefühl. Der Sprengstoff, den Professor Nitroglitz erfunden hat, darf niemals in falsche Hände geraten. SIE GEFÄHRDEN DIE MENSCHHEIT!!!«
Auch von Doktor Schnappschuss und Professor Schockfrost kamen wütende Proteste. Das machte die bewaffneten Wächter unruhig.

Nudel rief: »Ich bitte um Ruhe, meine Herren! Ich werde die Ergebnisse des Momo… Mamo…«

»Memographen!«, half ihm Chip und knuffte ihn in die Seite.

»AU! Genau! Gut aufgepasst, Doktor Häufchen – AUAAA! – Häuflein, 'tschuldigung. Man merkt, dass Sie bei mir schon viel gelernt haben…«

Häuflein – also Chip – machte schon den Mund auf, um Nudel in die Parade zu fahren. Das musste ich unbedingt verhindern, sonst würden uns diese zwei Streithansel noch verraten.

ICH knuffte also CHIP in die Seite. *Manno, reißt euch mal zusammen. Die merken sonst was!!!,* funkte ich mit Finsterblick zu Chip und Nudel rüber.

Sie kapierten. Gerade noch mal gut gegangen. UFFFF!

»Also, ich werde mit meinen Kollegen die Ergebnisse des Memographen überprüfen«, fuhr Nudeldackl fort. »Ballerkopp, kümmern Sie sich um die Herren Wissenschaftler. Und holen Sie Professor Nitroglitz aus dem Memographen raus. Er braucht Erholung.«

Die brauchte er tatsächlich. Nitroglitz wirkte ziemlich ausgewrungen.

Der Wächter namens Ballerkopp, dessen Gesicht an einen knautschigen Boxsack mit zahlreichen Treffern auf der Nase erinnerte, bellte wie aus der Pistole geschossen »Jawoll, Professor«, und packte Nitroglitz am Arm.

»Führen Sie Professor Nitroblitz zurück in seine Zelle. Wir gehen jetzt die Ergebnisse ananasylieren«, sagte Nudeldackl.

»ANALYSIEREN!«, verbesserte Häuflein-Chip.
»Meine ich ja«, sagte Nudeldackl. »Analysieren. Was sonst?«
Ich schob die zwei raus aus dem Raum. Es wurde langsam peinlich.
Hinter uns zeterten Schnappschuss, Geigenzähler und Schockfrost, die uns natürlich für üble Verräter hielten. Wie sollten sie auch wissen, dass wir es gut meinten und einfach nur die Welt retten wollten!?

Wir hasteten über den Flur zu Professor Wackldackls Büro, während Nudel uns erklärte, was geschehen war: Er war mit dem Torpophin von Monstro eingefangen worden. Mit dem Coolator auf der Nase hatte er sich als Kommandant des Torpophins ausgegeben. An Bord von Monstro hatte er den Coolator in einem unbeobachteten Moment abgenommen, war also wieder ein Elfjähriger geworden, und hatte so getan, als wäre er ein blinder Passagier.

Seitdem suchten sie den richtigen Kommandanten des Torpophins. Weil Nudel ja ein Kind war, hatten sie ihn für harmlos gehalten, und er hatte sich verdrücken können. Ja, und dann war ihm die Idee mit Professor Wackldackl gekommen, und diese Idee war – das mussten Chip und ich zugeben – ziemlich genial!

Ich blickte mich im Büro um. Den echten Professor Wackldackl entdeckte ich erst nach mehrmaligem Hingucken. Er hockte auf dem Boden, ein ziemlich dicker Mann mit kugelrundem Kopf. Seine Hände hatte er vor sich aufgestützt. Er erinnerte ein bisschen an einen Hund, nachdem man »Sitz!« gesagt hatte. Aber seinen Kopf bewegte er hin und her. Immer hin und her. Nach links und rechts. Links und rechts.

Sehr merkwürdig sah das aus.

»Was isser denn?«, fragte ich Nudel.

»Na, ein Wackeldackel«, sagte Nudel und grinste. »Das war am Einfachsten.«

Nudel hatte echt super Ideen an diesem Tag. Kompliment.

»Los jetzt!«, rief Chip. »Gib mal die Ergebnisse des Memographen rüber!«

»Klar doch, Meister«, sagte Nudel und reichte ihm die Papiere. Mindestens hundert Blatt waren das. Vollgedruckt mit andromedanischen Zeichen. Für mich und Nudel war das reine Geheimwissenschaft. Aber Chips Prozessor lief sofort auf Hochtouren.

Chip saß über die Papiere gebeugt und rechnete, fluchte, dachte nach, stöhnte, schlug sich mit der Hand gegen die Stirn, kaute auf einem Bleistift rum, raufte sich die Haare …

Das erinnerte mich an meine letzte Mathearbeit. Ich bin eigentlich ganz gut in Mathe. Aber DIESE ARBEIT war total in der Hose gelandet: War eine Fünf minus gewesen.

Eine Fünf minus ging jetzt GAR NICHT!

CHIP, WIR BRAUCHEN EINE EINS PLUS!!!

»HA!«, rief er plötzlich. »Das ist's! Ich wette, DAS hat er nicht bedacht!«

Nudel und ich guckten uns an.

»Äh … WAS hat WER nicht bedacht?«, fragte Nudel.

»Professor Nitroglitz!«, rief Chip. »Sein kataklysmisch-tetra-tonares Minimus-Nitrat ist wahres Teufelszeug. Es gibt eine sogenannte Kritische Masse. Die ist besonders gefährlich. Aber bei Minimus-Nitrat kommt es nicht drauf an, dass man VIEL Sprengstoff hat, sondern es geht um SEHR WENIG davon!«

»Wie bitte?«, fragte ich. »Soll das heißen, schon ein Fingerhut voll von diesem Minimus-Nitrat ist gefährlich?«

»FAST!«, rief Chip. »Ich meine: Du bist nah dran! Gefährlich ist gar kein Ausdruck: Ein Fingerhut voll ist genau die Kritische Masse, bei der das kataklysmisch-tetra-tonare Minimus-Nitrat die ALLERGRÖSSTE Sprengkraft entwickelt. Ein Fingerhut voll ist fast so schlimm wie eine Atombombe. Ein Fingerhut bedeutet VOLLE ZERSTÖRUNG!«

»Auweia«, sagten Nudel und ich wie aus einem Mund. Atombomben sind die übelste Sache der Welt, das weiß jeder. Ein

Fingerhut voll, und wir hatten eine Atombombe. SHIT!!! An Bord dieses Riesen-U-Boots lag ein Frachtschiff namens Vesuvio, in dessen Ladeluken ungefähr fünf Millionen Fingerhüte Platz hatten. Fünf Millionen Atombomben. Na, herzlichen Glückwunsch.

In diesem Moment wurden Chips Augen tomatengroß. Zufällig war ihm die Uhr in Wackldackls Büro in den Blick geraten. In knapp drei Stunden lief das Ultimatum ab. Dann würde es KRAWUMM machen. Dann würde sich der Leuchtturm mitsamt Kniebelstedt verabschieden.

Womöglich machte es fünf Millionen mal KRAWUMM!

»Wir müssen uns beeilen!«, schrie Chip. »Auf zur Vesuvio! Kiste,

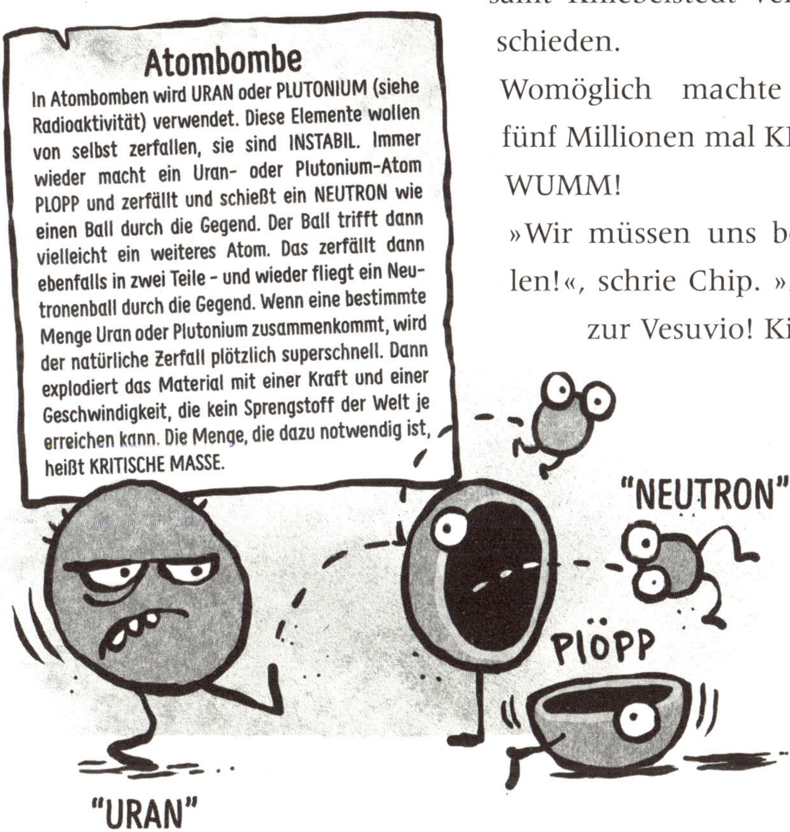

Fernbefehl an den Kopter. Er soll über dem Meer kreisen. Genau über diesem Ort!«

Wir rannten los. Aber kaum waren wir aus der Tür, bemerkten wir, dass jetzt sehr viele Wachen und Sicherheitsleute der Potz-Blitz-AG im U-Boot unterwegs waren. Rennen war also nicht. Das wäre viel zu sehr aufgefallen. Also bremsten wir unsere Schritte.

Mein Coolator navigierte uns. Gänge, Treppen, Fahrstühle, wieder Gänge. Sehr lange Gänge. Dieser verdammte Riesen-Pottwal hatte die Ausmaße eines getauchten Flugzeugträgers mit zu viel Hüftspeck. Und wir hatten die kürzesten Beine der Welt.

Tick – tack – tick – tack – tick …

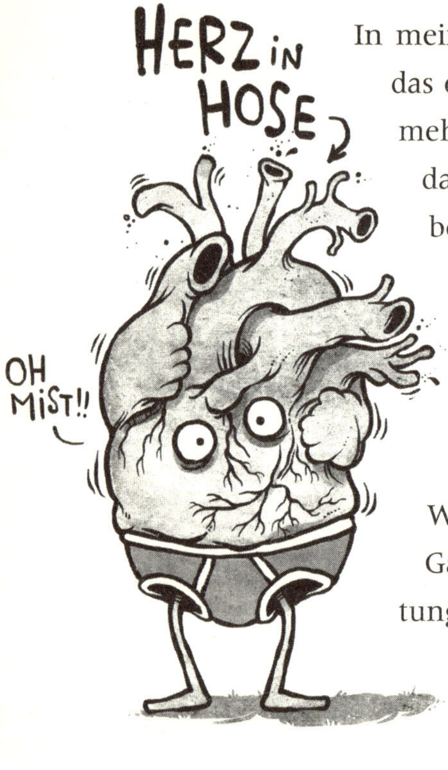

In meinem Kopf tickte eine Uhr. Oder war das ein Countdown? Oder tickte ich nicht mehr richtig? Ich bekam plötzlich Schiss, dass wir diesmal versagten. Mit Atombomben hatten wir noch nie zu tun gehabt. Coolator hin oder her: Atombomben waren NICHT UNSER DING!!!

Plötzlich rutschte mir das Herz in die Unterhose.

Wir bogen gerade um eine Kurve im Gang, da tauchten vor uns – in Begleitung dreier schwer bewaffneter Wächter –

Bert-Bonzo Potz und Pyroklastus Blitz auf. In ihren Gesichtern die mieseste Laune der Welt.

Na klar, sie suchten uns ja. Sie vermuteten uns irgendwo an Bord, wo wir möglicherweise einen Sabotageakt planten.

Was ja stimmte.

Bitte, lieber Coolator, JETZT NICHT VERSAGEN!!!

Bert-Bonzo knetete mit den Augenbrauen. Das kleine Gehirn in seinem Kopf arbeitete. Es stellte Fragen. Ganz einfache Fragen. Wie zum Beispiel: WER SIND DIE DREI???

Pyroklastus Blitz dagegen fuchtelte mit den Händen und zeterte rum: »Absolute Wachsamkeit! Ich hatte gesagt: ABSOLUTE WACHSAMKEIT! Und jetzt kommt die Meldung, dass wir ein Loch im Boot haben. EIN LOCH. Und es dringt kein Wasser ein! Der Alarmcomputer vermutet Eindringlinge. Wieso erfahre ich das ERST JETZT!?«

Auweia, dachte ich, sie haben den Torpophin entdeckt. Als Blutegel angedockt an Monstro. Werden wir je wieder hier rauskommen?

Dann guckte auch Blitz in unsere Richtung.

BOMM – BOMM – BOMM!

Das war mein Herz. Kesselpauke. Totales Drama.

Gedankenflash. Ich hatte eine Idee.

Ich stieß Nudel an und raunte ihm zu: »Nudel, dich kennen sie doch, oder? Du bist doch Professor Wackldackl für sie. Du musst uns vorstellen!«

Nudel kapierte. Er war eine echte BLITZMERKERMAKKARONI an diesem Tag!

»Professor Blitz!«, rief er. »Gut, Sie zu sehen! Geheimrat Benzo… Benzini, Doktor Häuf…lein und ich müssen schleunigst die Memo… äh …ergebnisse ananasylisieren…«

Chip und ich schlossen kurz die Augen. Potz und Blitz wirkten auch leicht irritiert. »Ananasysilieren« – DAS lernte Nudel wohl nie.

»Wir… wir…«, stotterte er.

»Wir müssen die Analysen SCHNELLSTENS mit Ergebnissen vergleichen, die Doktor Häuflein und ich vor einigen Wochen im Zusammenhang mit Forschungen zur Fraktionierung diverser Cis-Trans-Varianten verschiedener Minimus-Nitrat-Derivate gewonnen haben. Reaktionsgeschwindigkeit und Brisanz korrelieren höchst eigenwillig, je nach Mischung«, fuhr ihm Chip wie aus der Pistole geschossen dazwischen.

Donnerwetter: Chip! Das klang so sehr nach Wissenschaft, dass Pyroklastus Blitz gleich wieder leuchtende Augen bekam.

»Sie meinen…?«, begann er.

»Exactl… ich meine, GENAU!«, rief Chip. »Eine falsche Zusammenstellung der bei der Fraktionierung anfallenden Derivate, und der kataklysmische Effekt verpufft. Vulgo, der Sprengstoff versagt. Wir müssen Proben nehmen, um sicherzustellen, dass die Charge an Bord der Vesuvio von ausreichender Brisanz ist.«

Pyroklastus Blitz wirkte schwer beeindruckt.

»Sie haben vollkommen recht, Häuflein!«, jaulte er. Und dann zückte er so was wie ein Funkgerät und hielt es sich an den Mund: »Anatol? Aufgepasst! Professor Wackldackl, Geheimrat Benzini und Doktor Häuflein sind auf dem Weg zur Hauptschleuse. Sie haben meine AUSDRÜCKLICHE ERLAUBNIS, an Bord der Vesuvio zu gehen. Für alle anderen bleibt der Zugang gesperrt. Ohne Ausnahme. Alarmstufe ROT!«

Ein lautes Krächzen aus dem Funkteil verriet uns, dass sich Anatol am anderen Ende der Leitung wunderte. Anscheinend hielt er es für keine gute Idee, uns Zugang zum Schiff mit dem Supersprengstoff zu gewähren.

Aber dann brüllte Bert-Bonzo Potz in das Funkteil, Anatol solle seinen hochexplosiven Hintern AUGENBLICKLICH hochkriegen und KEINE blöden Fragen stellen, sonst würde ER – Bert-Bonzo mit B wie BOMBE – Anatol persönlich in die Erdumlaufbahn schießen. Und zwar AUF DER STELLE, mit einem Zwanzigtausend-Kilotonnen-Fußtritt!

Ja, da hörte Anatol schnell auf zu krächzen.

Keine drei Minuten später glitt vor uns eine Stahltür auf, und dann noch eine und noch eine. Hinter jeder Stahltür stand ein bewaffneter Wachposten und fuchtelte mit so einer Bleispritze vor unseren Nasen rum. Dann knarzte es jedes Mal, und eine Lautsprecherstimme – Anatol – erklärte, dass wir Erlaubnis hatten, die Schleuse zu passieren.

Er dachte an B wie BOMBE – und wir auch.

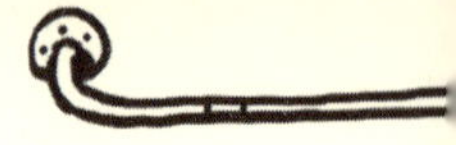

KURZE
DURCHSCHLÜPFPAUSE,
SEHR KURZ,
DENN...

AG

EINS, ZWEI, DREI STANDEN WIR VOR DER VESUVIO

Du meine Güte. Dieser Riesen-Pottwal hatte tatsächlich ein ganzes Schiff verschluckt. Ein fast hundert Meter langes Frachtschiff mit allem, was dazugehört. Die Vesuvio lag im Bauch der Monstro wie in einem Hafenbecken. Ein Hafenbecken allerdings in einer großen Halle mit einem Dach darüber. Von oben und von den Seitenwänden der Halle strahlten Scheinwerfer. Eine schmale Brücke führte an Bord des Schiffs – so eine Gangway, wie man sie von den Kais richtiger Häfen kennt. Trotz heller Beleuchtung war hier aber niemand zu sehen.

Kein Wunder, dachte ich. Wer hielt sich auch gern neben der schlimmsten Bombe aller Zeiten auf? *Fünf Millionen Atombomben*, heulte die Alarmsirene in meinem Kopf.

Wir rannten weiter. Als wir die Gangway raufsausten, tauchte vor uns plötzlich Anatol auf. Der hatte die Aufgabe, die Vesuvio zu bewachen. Und er war natürlich bewaffnet.

»Wir müssen zum Sprengstoff!«, rief Doktor Häuflein, also Chip.

»Schnellstens!«, rief Geheimrat Benzini, also ich.

»Exactly!«, rief Professor Wackldackl, also Nudel. »Bevor Potz und Blitz uns auf die Schliche kommen …!!!«

NUDEEEEEELLLL – DU RIESENHONK!!!!

Zu allem Unglück machte dann auch noch Chip einen Fehler.
AUSGERECHNET CHIP!
Beim Versuch, Nudels unbedachten Ausruf zu stoppen, zog er an Nudels Ärmel. Irgendwie kam Nudel dabei ins Stolpern und ihm rutschte der Coolator von der Nase.

SSSSST – KLOCK!

Das Ding lag auf dem Boden. Nudel stand da. So gut wie nackt.
In dieser Sekunde war Nudel nicht mehr Professor Wackldackl. Er war NUDEL, Julius Schulze-Beckmann, elf Jahre alt. Sommersprossen. Dürr wie eine Makkaroni. Käseweiß im Gesicht.
»Oh verdammt, ich Esel …«, stammelte er erschrocken.
Ja, Esel traf es ganz gut. Das passte in diesem Moment aber auch auf CHIP.

Anatol drehte durch. Er hatte gerade auf einen Knopf gedrückt und die letzte Tür freigegeben, die Luke zum Laderaum der Vesuvio.

Als das Bild von Professor Wackldackl vor seinen Augen zusammenfiel, wurde er zunächst so bleich wie Nudel, dann so rot wie Chip, dann fuchtelte er mit den Armen und brüllte aus voller Kehle »ALAAAAAARM!!!« in seine Funktüte und wollte gleich wieder auf den Knopf drücken, der die Ladeluke verriegelte.

WOMMM – hechtete Nudel dazwischen und schlug ihm den Arm weg. Wie gut, dass Nudel so sportlich ist!

Jetzt rief Chip: »Ein Verräter! Ein Verräter!«, womit er sich den 1. Preis im Wettbewerb um den Goldenen Gedankenblitz verdient hatte.

Ich kapierte etwa null Komma zwei Sekunden später, was Chip tat, und schmetterte: »Wer ist DAS??? Er hat sich als Professor Wackldackl verkleidet!«

Nudel guckte wie ein Kamel mit zusammengebundenen Beinen beim Seilspringen, weil er ÜBERHAUPT NICHT checkte, was mit Chip und mir los war. Vielleicht war er irritiert, weil Chip und ich auf IHN zeigten und »Verräter!« riefen

BOOOAAAH, NUDEL – NACH-DEN-KEN!!!!!

Wir mussten Anatol VERWIRREN – und das gelang uns auch. Anatol war wegen Chip und mir dermaßen durcheinander, dass er ein paar Sekunden lang nicht wusste, wer nun wer war. Chip und ich trugen immer noch die Coolatoren. Also war sich Anatol nicht sicher, ob wir ebenfalls Verräter waren.

Er guckte uns an. Und – ZACK! – schon konnte Chip ihn hypnotisieren.

Es war allerdings ein glatter Fall von Not-Hypnose, weil es superfix gehen musste. Das Erste und Einzige, worauf Anatol sofort reagierte, war die Vorstellung, eine Alarmsirene zu sein.

Also stand der hypnotisierte Anatol an der offenen Tür zum Laderaum der Vesuvio, heulte wie ein Martinshorn und bekam von einer Sekunde auf die andere einen roten Kopf.

Ehrlich gesagt, hab ich in diesem Moment nicht daran geglaubt, dass wir je wieder heil rauskommen aus der Monstro. Anatol sirente wie am Spieß, und in Kürze würde es hier vor Sicherheitsleuten nur so wimmeln.

Chip rannte in den Laderaum und wir hinterher. KLONK-KLONK-KLONK – die Metalltreppen runter, die durch die Schiffsetagen führten, bis ganz nach unten.

Chip war sogar schneller als Nudel.

Und dann standen wir alle drei tief im Bauch der Vesuvio in einem erleuchteten Riesenraum, am Fuß eines Berges.

So sah es zumindest aus: ein weißer Berg, wie aus feinem Zucker. Ein Zuckerpulver-Berg, der im Licht des Laderaums glitzerte.

Mir wurde schlecht. Es roch fürchterlich nach Chemie. Kataklysmisch-tetra-tonares Minimus-Nitrat. Fünf Millionen Fingerhüte voll lagen da.

Fünf Millionen Atombomben.

Wenn dieses Schiff in die Luft flog, dann würde die Erde aus-

sehen wie ein Apfel. Ein Apfel, aus dem ein gefräßiges Riesenungeheuer ein dickes Stück rausgebissen hatte.
Ich blieb still. Vielleicht genügten schon kleinste Erschütterungen, um das Zeug zu zünden. Von oben heulte das Martinshorn namens Anatol. Mir wurde noch schlechter als schlecht. Konnte Anatol nicht leiser heulen?
Nudel und ich versuchten, uns NICHT zu bewegen, nicht zu atmen, nicht zu denken, nicht da zu sein …
Tja, waren wir aber. Leider.
Und was tat Chip?
OH NEIN! DIESER SPINNER ZOG EIN FEUERZEUG AUS SEINEM LABORKITTEL, UND …
Kennt ihr das? Den Würgegriff der Angst? Die Riesenschlange, die sich mit ihrem langen Hals um euren Hals legt und euch die Luft abdrückt, während sich der Rest der Riesenschlange unten um euren Magen wickelt und auch dort zudrückt?
Kennt ihr diese Scheißangst, der man NICHT entkommen kann? Die Angst, bei der man am liebsten ohnmächtig werden würde? Bei der man aber nicht ohnmächtig werden KANN, denn auch dieser Ausweg – DIE OHNMACHT-TÜR – ist zu. Verriegelt und verrammelt. Total versperrt, weil man nämlich VIEL ZU VIEL ANGST HAT, UM OHNMÄCHTIG WERDEN ZU KÖNNEN!!!???
»Schnipp!«, machte das Feuerzeug.

PÜFF!!

UAAA
ZITTER ZITTER

Nudel und ich fingen TOTAL AN ZU ZITTERN!!!
Ich weiß nicht, wie es kam, aber weder Nudel noch ich waren in der Lage, Chip anzubrüllen, er solle sofort aufhören mit diesem Wahnsinn. Wir waren wie hypnotisiert. Wir konnten nichts tun. NICHTS!
Wie in Zeitlupe sahen wir, dass Chip sich bückte und die Feuerzeugflamme an den Fuß des Zuckerbergs legte. In dem Moment, als Chip das Feuerzeug ganz dicht über das weiße Pulver hielt, wurde die Flamme irgendwie angezogen von dem Pulver.

UND DANN ...

PÖFFF
FFRR
ZLF

FF
RZ
LFZSSs

... was für ein seltsames Geräusch das war.
Ganz leise – und zugleich total laut.
So klangen Atombomben also. Irre!
Fünf Millionen Fingerhüte voll kataklysmisch-tetra-tonarem Minimus-Nitrat sagten POFFFFFFffrrfrzzlfflfzss. Jeder einzelne Fingerhut war vermutlich superleise, aber alle zusammen ...?
Ich war komplett verwirrt, weil etwas ganz Merkwürdiges passierte: Die gesamte Menge Sprengstoff, die da im Laderaum der Vesuvio lagerte, tat was völlig Verrücktes. Schnell wie ein Blitz raste die Feuerzeugflamme einmal über den gesamten Riesenberg und breitete sich aus. In wenigen Sekunden leuchtete der Zuckerpulverberg wie eingehüllt in eine zarte, blaue Flammenhaut.
Die Flamme erfasste jeden Zentimeter des Sprengstoffhaufens. Hitze flimmerte über dem Berg. Dort zitterte die Luft.
Nudel und ich zitterten nicht mehr. Wir schauten uns das blaue Feuer an.
»Irre, oder?«, sagte Chip.
»Du ... Du wusstest, dass es nicht explodiert?«, fragten wir.
»Na klar«, sagte er. »Oder habt ihr gedacht, ich bin verrückt?«
Darauf gaben wir lieber KEINE Antwort.
»Dieses kataklysmisch-tetra-tonare Minimus-Nitrat ist echt eigenartig«, sagte Chip. »Als ich las, was der Memograph aus dem Gehirn von Professor Nitroglitz rausgeholt hatte, war ich total erstaunt. Dieser Sprengstoff ist hochgefährlich, wenn man nur einen Fingerhut voll hat. Wenn die Menge aber größer

ist, nimmt die Energie und die Gefährlichkeit ab. Ist ziemlich kompliziert und hat damit zu tun, dass ein Fingerhut genau die Menge ist, die noch absolut zeitgleich explodieren kann. Alle Moleküle des Minimus-Nitrats tun exakt dasselbe, in exakt demselben Moment. Sie verwandeln sich in reine Energie.«

»Soso, reine Energie«, murmelte ich. Der blau leuchtende Berg vor mir kam mir irgendwie genau so vor: reine Energie. Es war ein irres Bild.

»Exactly«, sagte Chip. »Wenn es mehr ist als ein Fingerhut voll, dann verläuft die Reaktion mit einer gewissen Verzögerung. Je mehr Sprengstoff, desto größer die Verzögerung. Hat mit Oberfläche zu tun. Mit dem Spannungsnetz, das die Oberfläche aufbaut. Mit supra- und intrakristallinen Phänomenen und solchen Sachen.«

Solchen Sachen, klar. Supra-intra. Was sonst?, dachte ich.

»Sag mal«, kam es plötzlich von Nudel. »Kann man das Feuer auch wieder löschen?«

»Löschen?«

Chip sah Nudel an wie ein Pinguin nach einem Elektroschock.

»Ja, löschen«, wiederholte Nudel. Er guckte unsicher von Chip zu mir und wieder zu Chip. »Versteh ich da was nicht? Wir sind doch … also …?«

Ich wachte auf. Nudel hatte ja RECHT!
»Wir sind in einem U-Boot auf dem Meeresgrund. Und IN diesem U-Boot brennt es. Chip: KANN MAN DAS FEUER LÖSCHEN???!!!«
Meine Stimme war laut. Viel lauter als die zischelnde blaue Riesenflamme.
»Löschen? Völlig unmöglich«, sagte Chip. »Das verbrennt ohne Rest. Nichts wird übrig bleiben von dem Sprengstoff. Das kann niemand löschen.«
»Aber das U-BOOT! Wir müssen hier raus! Und die Leute ...!«
Das war Nudel. Seine Stimme überschlug sich. Chip, der in den vergangenen Minuten irgendwie sehr weit weg gewesen war, kehrte langsam zurück. Er schüttelte sich, als müsste er einen Traum loswerden.
»Was?«, sagte er.
»Raus! Wir müssen hier raus! Und wir müssen die Leute retten!«, riefen Nudel und ich.
In diesen Sekunden setzten Alarmsirenen ein. Das war nicht mehr das einsame Heulen unseres hypnotisierten Anatol. Die Hitze im Laderaum war kaum noch zu ertragen. Ich bemerkte, dass der weiße Zuckerberg unter seiner bläulich flimmernden Hülle kleiner geworden war. Das Zeug verbrannte tatsächlich. Es wurde immer weniger.
Aber was war mit dem U-Boot?
»Nach oben!«, rief Chip. »Wir müssen nach oben. Sie werden auftauchen. Du hast den Fernbefehl gegeben, Kiste?!«

Fernbefehl? Ach ja, der Kopter. Ja klar, ich hatte den Falkokopter mit dem Black-Shadow-Phone per Fernbefehl reaktiviert. Aus der winzigen Kugel, die wir im Gestein des Felsens am Fuß des Leuchtturms versteckt hatten, war ein Springball geworden, der – HOPP, HOPP, HOPP – in die Luft gehüpft und losgeflogen war, wobei er wieder zu voller Größe zurückgefunden hatte.

Wenn alles geklappt hatte.

Der Kopter kreiste nun – hoffentlich – über dem Meer, bereit, uns aufzunehmen.

Auftauchen. Monstro wird auftauchen, hatte Chip gesagt.

Und tatsächlich ging plötzlich ein Ruck durch das U-Boot. Die Alarmsirenen schienen noch mehr aufzudrehen.

»LOS!«, schrie Nudel. »Du hast gesagt, wir müssen nach oben!«

Das U-Boot bewegte sich.

»Ja, nach oben!« Chip zeigte zum Ausgang.

In diesem Moment sauste der fiese Gedanke durch mein Gehirn, dass jemand die Schleusen schließen würde. Na klar: Wenn's brannte in der Mitte des U-Boots, würden sie die Schleusen schließen. Was denn sonst? Über unseren Köpfen hingen – das erkannte ich nun ebenfalls – Kameras.

POMM!

Eine davon zersprang. Die Hitze. Glassplitter rieselten runter in das höllenheiße Feuer. Der Laderaum wurde natürlich beobachtet. Vermutlich hatten sie uns längst entdeckt und einen Trupp Wachleute mit Bleispritzen in Bewegung gesetzt, um uns fertigzumachen. Doch da hier alles lichterloh brannte, hatten die Bleispritzen-Typen ganz sicher andere Sorgen als uns.

HOFFENTLICH!

Wir rannten über die Metalltreppen an den Seitenwänden des Laderaums nach oben. Je höher wir kamen, desto gewaltiger, mächtiger, bedrohlicher leuchtete das Feuer in der gigantischen Ladehalle. Über dem bläulich-weißen Berg stand eine dicke Rauchwolke. Zwei lange Schwaden zogen sich in Richtung eines Belüftungsschachtes, wurden dort eingesaugt.

Der Rauch verteilte sich im U-Boot!

Ich stellte mir vor, dass die Besatzung hustend und keuchend durch die Gänge tapste, wie durch dichter werdenden Nebel. Und ich sah im Geist einen Kommandoraum, in dem ein durchdrehender Kapitän den Befehl brüllte aufzutauchen.

Sie MUSSTEN auftauchen, denn die Luft würde rasend schnell knapp werden. Außerdem war es im Laderaum bereits so heiß, dass das Metall zu schmelzen drohte.

WiiUU!! – WiiUU!! – WiiUU!! heulte der Alarm.

Wir stürmten durch die erste der dicken Schleusentüren aus Stahl. Anatol war verschwunden. Er musste aus der Hypnose erwacht und geflohen sein. Wie alle Potz-Blitzer an Bord. Hier unten begegneten wir niemanden mehr.

Das U-Boot stieg auf. Es war nun deutlich zu spüren. Und jemand schloss die Schleusentüren. Zentral. Das konnten wir nicht verhindern.

Knirschend setzte sich die Stahltür vor uns in Bewegung. Doch

nicht allein diese, sondern auch die nächste und übernächste. Alle zugleich. Wir konnten sie sehen, die enger werdenden Öffnungen, als wir durch die erste der Türen taumelten.
Nudel rannte voraus, drückte die Öffnungsknöpfe, wie er es bei Anatol gesehen hatte. Schon bei der zweiten Tür wurde es ENG. Nudel hastete weiter. Bei der dritten Tür wurde es RICHTIG ENG. Und bei der vierten machte es…
KRRRRRKK!!!
Ein Stahlstab, leicht verbogen, klemmte in der Öffnung. Nudel hatte ihn wie ein Staffelläufer, der seinem Vordermann das Ding mit letzter Kraft in die Hand drückt, zwischen Tür und Rahmen geschoben.
Nein, er hatte nicht geschoben. Nudel hatte mit ausgestrecktem Arm einen Satz nach vorn gemacht und war volle Kanne auf die Nase geknallt, als er mit der Faust voran zwischen der Tür landete.

Das gab fiese Prellungen.
Immerhin klemmte der Stahlstab – einen von der Sorte, die man an Bord eines Schiffes *Belegnagel* nennt – so sicher in der Türöffnung, dass die Schleuse nun nicht mehr schließen konnte. Keine Ahnung, wo Nudel den Belegnagel gefunden hatte.
Wir zwängten uns durch den verbliebenen Spalt und blickten uns hustend um. Wir befanden uns auf einem der langen Gänge in den Tiefen des U-Boots. Ja, ich sagte TIEFEN, denn noch immer war es ein elend weiter Weg bis nach oben.
»Wohin?!«, rief Nudel. Chip, der sonst immer alles wusste, wusste in diesem Moment GAR NICHTS. Aber zum Glück gab es ja noch mich.
ZACK – links, rechts, linkslinks, rechts, zweimal nach oben.
Ich zuckte mit der Nase und schaltete den Coolator zurück auf das Navibild, das ich aus den Auskünften von Doktor Häuflein gewonnen hatte. Ihr erinnert euch?
Der Coolator hat einen eigenen, superwinzigen, technisch topmodernen, ins Brillengestell eingebauten Computer. Es war echt schlau von mir gewesen, den Coolator die ganze Zeit über im Kollektor-Modus zu lassen.

Der Kollektor-Modus bedeutet: das Gerät SAMMELT DATEN. Wo immer wir an Bord des U-Bootes gewesen waren, was immer wir gesehen oder gehört hatten – es stand dem Navi nun zur Verfügung. Zusammen mit dem, was Doktor Häuflein mir verraten hatte.

PLOPP – sah ich den Weg vor meinen Augen.

Von meinem Coolator-Navi gelenkt, gelangten wir über Treppen und Gänge, durch Schotts und daran angrenzende verwinkelte Geheimgänge bis in die oberste Etage des U-Bootes. Und dort trafen wir endlich auch auf Mitglieder der Besatzung.

Puh, war die Luft an Bord inzwischen schlecht. Der Sauerstoff wurde knapp. Kein Wunder, dass hier alles in heller Panik war. Jede Menge Sicherheitsleute in Potz-Blitz-AG-Uniformen eilten umher.

Aber niemand beachtete uns.

Dafür entdeckten wir im Gewühl den echten Doktor Häuflein und Geheimrat Benzini. Auch Professor Wackldackl krakeelte in der Menge herum. Sein dicker Kopf ruckte noch immer sehr auffällig nach links und rechts. Sie alle wollten nur eins: das U-Boot verlassen. Jaulende Sirenen und Lautsprecherdurchsagen erzeugten ein Spektakel wie in einem Katastrophenfilm. Fetzen von gebrüllten Kommandos, die ins gesamte U-Boot übertragen wurden, verrieten uns, dass wir uns nun knapp unter der Wasseroberfläche befanden.

Wo steckten eigentlich Bert-Bonzo Potz und Pyroklastus Blitz?

Weder konnten wir sie im Gewimmel ausmachen, noch hörten wir ihre Stimmen in den Befehlen aus den Lautsprechern.
»Guten Morgen, junge Frau! Oh, Piep-piep-piep. Mein Flügelein fein ist verwirrrrrt von diesem Wiiind, von diesem Wiiiiiind – tiriliiii!!!«
Professor Nitroglitz.
Ach du je. Kollodius Nitroglitz war aus der Menschenmenge aufgetaucht, stand neben uns auf einem Bein und spielte Nachtigall oder so was. Er sah aber eher aus wie ein hüftkranker Pinguin, der vergessen hatte, dass er nicht fliegen konnte.
Der Memograph hatte ihm ziemlich viel Wissen abgesaugt. Nitro wusste nicht mal mehr, wer er war. In seinen Augen leuchtete es, und er grinste dermaßen doof, dass er uns sofort leidtat.
»Wir nehmen ihn mit!«, flüsterte Chip.
Nudel und ich nickten. Auf jeden Fall. Wir konnten ihn nicht zurücklassen.
Leider wusste ich aber immer noch nicht, wie wir …
DOCH! DA WAR ES!!
Das Navibild auf der Innenseite meiner Coolator-Gläser zeigte einen roten Leuchtpunkt.
EXIT – Nebenausgang – Kleine Ladeluke.
Ein weiterer Geheimgang. Ein Notausgang.
Mit vereinten Kräften gelang es Nudel, Chip und mir, das Ding zu öffnen.
Nitroglitz hüpfte von einem Bein aufs andere und wollte zurück in das Gewimmel aus Besatzungsmitgliedern, aus dem er

vor knapp einer Minute herbeigehopst war. Nudel bemerkte es und zog ihn mit sich.

»Hier entlang, Piepmatz«, sagte er.

»Tirilii!«, erwiderte Nitroglitz.

Er folgte uns, und schon wenige Sekunden später stießen wir das Luk auf, und Frischluft strömte uns entgegen.

HERRRRRLICH!!!

Wir krabbelten raus – eins, zwei, drei und – PIEP-PIEP – vier.

»Jetzt bloß nicht wegfliegen, Herr Professor!«

Chip hatte seinen Humor wieder.

Nicht weit von uns entfernt öffnete sich das dicke Turmluk des superdicken U-Bootes – dort, wo bei einem Pottwal das Blasloch sitzt. Rauch quoll ins Freie. Noch

mehr Luks öffneten sich auf dem U-Boot-Körper. Noch mehr Rauchsäulen stiegen in den Himmel. Noch mehr hustende Besatzungsmitglieder kamen zum Vorschein, kletterten nach draußen. Es wurde Zeit für uns zu verschwinden.

Ich tippte den Befehl: KOPTER – NOTBERGUNG ins Shadow-Phone. Über uns wurde ein Surren lauter. Unser treuer Falkokopter war tatsächlich zur Stelle, näherte sich langsam von oben und ließ eine Strickleiter herab.

Bevor die Besatzung der Monstro kapierte, was geschah, saßen wir auch schon im Falkokopter. Augenblicklich stiegen wir höher.

Wir guckten zum aufgetauchten U-Boot runter. Von Potz und Blitz fehlte weiterhin jede Spur.

Wo steckten die bloß?

»Da!«, rief plötzlich Nudel, »Schiffe!«

»Was?«

Tatsächlich. Am Horizont tauchten Schiffe auf und tuckerten auf die Monstro zu. Die Rauchsäulen aus dem U-Boot hatten sie angelockt.

Chip nahm Kontakt auf mit den Schiffen – und hatte bald heraus, dass sie zum Geheimdienst gehörten.

Müller-Piep war am Apparat. »Herzlichen Glückwunsch, meine Herren«, näselte er. »Sie haben es geschafft. Wanja, der – ähem – Lieblingsteddy der Tochter des Präsidenten ist – äh – wieder aufgetaucht, und – äh – sie hat ihm auch schon einen Kuss gegeben. Der – äh – Präsident möchte sich SEHR …«

BITTE??? Hielt der uns für total plemplem? Chip platzte der Kragen.

»Hier Agent von Seidel!«, raunzte er. »Wenn das, was da aufgetaucht ist, ein Teddybär ist, Müller-Piep, dann benutzen Sie einen Rasenmäher als Rasierapparat! Was haben Sie uns denn da eingebrockt?«

Dann haute Chip diesem Blödi Müller-Piep alles um die Ohren, was uns in den vergangenen Stunden fast den Kopf gekostet hätte: dass er uns NICHTS von dem Sprengstoff erzählt hatte und dass er geheime Verhandlungen mit Potz und Blitz geführt hatte und uns verraten hatte. Müller-Piep wurde am anderen Ende der Leitung immer kleiner.

»Piep-piep!«, meldete sich Professor Nitroglitz.

Da grinste Chip und konnte es sich nicht verkneifen, Müller-Piep so richtig eins auszuwischen.

»Ach übrigens«, sagte er. »Professor Nitroglitz sitzt neben mir. Der Sprengstoff ist zum Glück vernichtet worden ...«

»Vernichtet?«, fragte Müller-Piep. »Oje, Sie meinen ...?«

Huh, er klang GAR NICHT glücklich darüber.

»Ver-nich-tet«, wiederholte Chip. »Ratzeputz. Nichts mehr da. LEIDER kann sich Professor Nitroglitz nicht mehr an die For meln erinnern. Sie müssen wissen, dass der Gute KEINERLEI Aufzeichnungen hatte. Er hatte alles in seinem GEHIRN gespeichert. Sein Gedächtnis war nämlich PHÄNOMENAL. Ich betone: WAR, denn jetzt ...«

Chip unterbrach sich und ließ Müller-Piep nervös nachfragen:

»WAR phänomenal? Aber... Aber der Professor wird doch noch...?«

»Nein«, sagte Chip, »wird er nicht. Potz und Blitz haben ihn einer Memographen-Behandlung unterzogen. Das hat er nicht gut verkraftet. Seine Erinnerungen sind gelöscht. Die Formeln. Sein Wissen. Alles. Wir hatten die Ergebnisse des Memographen ausgedruckt auf Papier. Doch als wir an Bord des Riesen-U-Bootes festsaßen, brach ein Feuer aus. Sie verstehen? Das U-Boot hatte nämlich – dreimal dürfen Sie raten – SPRENGSTOFF an Bord. Der geriet in Brand. Und die Formeln sowie alles Wissen des Professors verbrannten gleich mit. Nicht wahr, Professor?«

Chip hielt Professor Nitroglitz das Shadow-Phone vor die Nase.

»Piep-piep-piep!«, kam es von Professor Nitroglitz.

Am anderen Ende der Leitung hörten wir, wie Müller-Piep anfing zu weinen. Er schluchzte wie ein Baby. Das fanden wir sehr lustig.

PAUSE, IN DER WIR UNS MAL SO RICHTIG FREUEN

BUÄÄH!
HUÄÄH!!!

DIE LETZTEN ÜBERRASCHUNGEN VOR DEM ... ÄÄH ... HALLO, MAMA!

Als Müller-Piep kapiert hatte, dass die Formeln für den Sprengstoff, den die doofe Regierung SOOOO GERN gehabt hätte, vernichtet waren, konnte man kein normales Gespräch mehr mit ihm führen. Chip schaltete das Phone aus, und wir schauten uns an.

Der Supersprengstoff war also keine Gefahr mehr.

Potz und Blitz waren verschwunden.

Müller-Piep war am Boden zerstört.

Es war kurz vor elf Uhr. Wir mussten uns beeilen, nach Hause zu kommen. Und irgendwas fing in meinem Hinterkopf an zu piepsen.

»Pieps-pieps-pieps-pieps!«

Ich blickte automatisch rüber zu Professor Nitroglitz. Der aber saß friedlich da und piepste nicht.

Das Piepsen kam von den Instrumenten des Falkokopters. Der Foggograph hatte Kontakt aufgenommen zum Torpophin.

ZUM TORPOPHIN???

»Seht mal!«, rief Nudel. »Ein Signal!!«

Auf dem Display hatte ein Leuchtpunkt zu blinken und zu piepsen begonnen. Der Torpophin war unterwegs. Und er tauchte …
AUF DEN LEUCHTTURM ZU?
DAS WAR ES!
»Der Sprengstoff!«, rief ich. »Im Fuß des Leuchtturms!«
Wie superdoof wir gewesen waren! Wir hatten TOTAL VERGESSEN, dass im Fuß des Leuchtturms noch eine Ladung Sprengstoff wartete – nämlich darauf, gezündet zu werden. Potz und Blitz würden den Leuchtturm in die Luft jagen und sich dafür rächen, dass wir sie besiegt hatten. Kniebelstedt war immer noch dem Untergang geweiht!
»Aber Moment!«, rief Chip. »Wenn sie dabei sind, den Leuchtturm zu sprengen, weshalb steuern sie dann genau dorthin?«
Exactly. Der Torpophin bewegte sich schnurstracks auf den Leuchtturm zu. Wir wussten sofort, wer an Bord unseres Unterwasser-Flitzefisches am Steuer saß: Bert-Bonzo Potz und Pyroklastus Blitz. Der Foggograph, der Kontakt mit dem U-Boot aufgenommen hatte, verriet es deutlich. Blöderweise hatten wir aus der Entfernung keine Möglichkeit, die Steuerung des Torpophins zu übernehmen. Wir mussten viel näher ran!
Ihr erinnert euch? SFS – Steuerung für Superbrillen!
Wollten die sich umbringen? Und ganz Kniebelstedt mit? Wenn der Sprengstoff explodierte – also, wenn sie auf dem Totmannfelsen ein paar Fingerhüte voll kataklysmisch-tetra-tonarem Minimus-Nitrat hochgehen ließen, dann …?
»Äh«, meinte plötzlich Nudel. Er hatte länger nachgedacht.

»Wie viel von diesem Sprengzeugs haben die denn da im Leuchtturm gebunkert?«

»Das waren riesige schwarze Behälter«, sagte ich. »Behälter, so groß wie … Na, mindestens so drei Meter hoch.«

Ich guckte Chip an.

Ziemlich groß hatte ich die schwarzen Behälter in Erinnerung. Tonnen von Sprengstoff hatten darin Platz. Bedeutete das etwa, dass diese Sprengladungen ebenfalls nur verbrennen würden? Wir wussten ja nun, was es mit der Kritischen Masse des Minimus-Nitrats auf sich hatte. Potz und Blitz allerdings mussten glauben, dass die Sprengung des Leuchtturms alles im Umkreis zerstören würde.

Weshalb fuhren sie trotzdem auf den Turm zu?

Es gab nur eine Erklärung. Auch Potz und Blitz hatten durch den Brand im U-Boot rausgefunden, wie der Sprengstoff funktionierte. Sie wussten nun, dass sie eine KLEINE Menge brauchten, um große Zerstörungen anzurichten. Und diese kleine Menge wollten sie sich vom Leuchtturm holen.

OH MIST!!!

Wie konnten wir diese Typen bloß außer Gefecht setzen, dort unten am Meeresboden, nicht weit vom Leuchtturm entfernt? Vom Leuchtturm und von Kniebelstedt, der Lause-Insel und unserem Hauptquartier, dem Coolatorium …

DAS COOLATORIUM?

»DAS IST ES! DIE IDEE!«, brüllte ich.

Chip und Nudel blickten mich entgeistert an.

Ich erklärte ihnen meine Idee.
Aber noch nicht einmal Chip kapierte!
»MANNOO! VERSTEHST DU NICHT?!«
Ich guckte auf den Bildschirm.
»Der Torpophin braucht noch knapp eine Stunde bis zum Leuchtturm. Eine Stunde! Wenn ich jetzt also...!«
Endlich fiel der Groschen
»Du FUCHS!«, jubelte Chip.
Er hatte es. ZACK-ZACK-ZACK nahm er die nötigen Fernschaltungen vor. Irgendwo in weiter Ferne begann ein mächtiges Brummen .
Chip und ich grinsten uns an. Wir waren uns total sicher: Der Torpophin würde auf Kurs bleiben. Potz und Blitz wollten zum Leuchtturm...

Tja, und was dann geschah, kann ich euch ganz genau sagen. Wir saßen nämlich sozusagen im Kino und sahen einen Film. Einen Film, den uns die Coolator-Brillen zeigten. Wir setzten die Brillen auf und warteten und...
BLINK – war plötzlich das Bild da.
HA!
Der erste Teil meines Plans hatte geklappt: Es gab eine Funkverbindung zwischen dem Torpophin und unseren Superbrillen. Und dann sahen wir Potz und Blitz am Steuer. Sie ahnten nichts Böses und guckten nach vorn. Die Scheinwerfer warfen ein prima Licht und machten den Blick frei auf mindestens

fünfhundert Meter Unterwasserwelt mit Müll und Mutationen.
Die beiden Schurken glotzten ganz gespannt in die Richtung, in der sie den Felsen mit dem Leuchtturm drauf erwarteten.
Den Felsen mit der Schleuse zum unterirdischen Becken für das U-Boot der Potz-Blitz AG. Aber diese Schleuse erreichten sie nicht.
Nein, sie bekamen den Schreck ihres Lebens, als sich unmittelbar vor dem Torpophin der Meersboden öffnete. Es brummelte und grummelte wie bei einem Seebeben. Die beiden sahen, wie sich eine Art Untersee-Maulwurfshaufen – etwa fünfzig Meter vor ihnen – am Meeresboden bildete.
Wir lachten uns kaputt. Eine SUPER KINOVORSTELLUNG war das! So richtig mit Action.
Die beiden versuchten nämlich auszuweichen. Potz rief: »ACHTUNG!«, und Blitz riss am Steuerrad, um Torpi über das Maulwurfshaufen-Hindernis hinweggleiten zu lassen. Sie steuerten den Torpophin ja im SFD – Modus.
Ihr erinnert euch?
Steuerung für Doofe.
Pech nur, dass Chip, Nudel und ich in diesem Moment einen Helfer hatten. Einen Helfer, den wir per Fernbefehl vom Coolatorium aus losgeschickt hatten. Eine Stunde hatte er gebraucht. Brummend hatte er sich genähert. Unser Freund, DER LIFTWURM!
Und nun …
… nun aktivierten wir die Lautsprecher am Bohrkopf des

Wurms. Diese Lautsprecher produzierten einen wunderbar gruseligen Blubbersound.

Wozu das Ganze?

Na, ihr wisst doch: Torpi hört IMMER auf uns – wenn wir das wollen.

Und wir wollten: Steuerung für Superbrillen.

SFS.

Also sagte ich den Satz: »Kokoskuchen klebt an klobigem Kuhmaul klagt kühles Kürbiscreme-Quartett im Katzenkörbchen!«

Nein: Ich BÖLKTE den Satz ins Mikrofon, denn ICH hatte ja die Idee mit dem Wurm gehabt.

SEEUNGEHEUER & RIESENSCHLANGEN

Gibt es Seeungeheuer? Das größte Meerestier heute ist der Blauwal. Der ist über 30 Meter lang. Riesenschlangen wie die Anakonda oder der Python werden 7 bis 10 Meter lang. In den Tiefen des Ozeans leben Tiere, die man kaum zu Gesicht bekommt. Ein RIESENKALMAR z.B. ist ein 10 Meter langer Tintenfisch mit Fangarmen (TENTAKELN) und Saugnäpfen dran und Augen so groß wie Fußbällen. Dort unten gibt es auch Fische mit monstermäßigem Aussehen: Säbelzahnfische, Maulstachler, Beilfische oder Tiefsee-Anglerfische.

MEINE STIMME blubberte am Meeresboden, LAUT WIE EIN BEBEN, wenige Meter von Torpi entfernt. Und Torpi gehorchte wie ein braver Wachhund.

Stellt euch vor, vor euren Augen erhebt sich der Kopf einer Monsterschlange aus dem Boden. Eine grässliche Fratze mit rotierendem Bohrkopf. Und dann fängt dieses Monster auch noch an zu brüllen – blasenwerfend.

Es gibt Menschen, die verkraften so was nicht gut.

Der Torpophin reagierte auf keinerlei Steuerbefehle mehr. Potz und Blitz hatten SCHISS OHNE ENDE!

KLICK – KLICK – der Bohrkopf öffnete sich. Ein dunkler Schlund starrte Richtung U-Boot.

Potz und Blitz brüllten: »AAAAAAH!!! WIR WERDEN GEFRESSEN!!! UUAAAAAAHHH!!!«
Und dann WURDEN sie gefressen. Der Torpophin raste geradewegs hinein in den Schlund und wurde verschluckt.
GULP!
Wie ein Fisch, der von einem Mörderwal verschluckt wird.

Die Schurken saßen in der Falle. Anschließend ließen wir den Kopf des Liftwurms aufsteigen bis zur Meeresoberfläche. Dort öffneten wir ihn wieder – alles mit Hilfe von Fernschaltungen über das Black-Shadow Phone. Potz und Blitz hatten den Torpophin in Panik verlassen. Jetzt wurden sie aus dem Maul direkt ins Meer gespuckt – KLATSCH!
Sie strampelten und paddelten wie verrückt. Sie wollten fliehen und wären natürlich viel lieber ertrunken, als von einer Riesenschlange gefressen zu werden. Aber ein Geheimdienstschiff fischte die zwei Schiffbrüchigen auf.

Zwei Tage lang haben Potz und Blitz dann nur noch zitternd vor sich hin gestarrt und »GA-GA-GA!« gesagt. Das haben wir später alles erfahren. Pyroklastischer Gehirnschock, so lautete die Diagnose des Geheimdienst-Nervenarztes. Als sie endlich wieder halbwegs bei Verstand waren, erzählten sie Müller-Piep von einem mörderischen Seeungeheuer, in dessen Maul sie geraten waren.
Das hat ihnen aber keiner geglaubt. Der Torpophin ist übrigens

RAKETENTRIEBWERK

Der Potz-Blitz-Leuchtturm hat ein Flüssigkeits-Raketentriebwerk. Das funktioniert im Prinzip ganz einfach: Es gibt zwei Tanks. Einer enthält z.B. flüssigen Sauerstoff. Der andere einen flüssigen Brennstoff (z.B. Wasserstoff oder Hydrazin). Beide werden in der Brennkammer zusammengeführt und gezündet. Die Reaktion ist heftig, fast wie eine Explosion. Es entsteht ein Gas, das mit großer Geschwindigkeit aus der Düse unter der Brennkammer saust und Schub erzeugt. Der treibt die Rakete an – bis zum Mond.

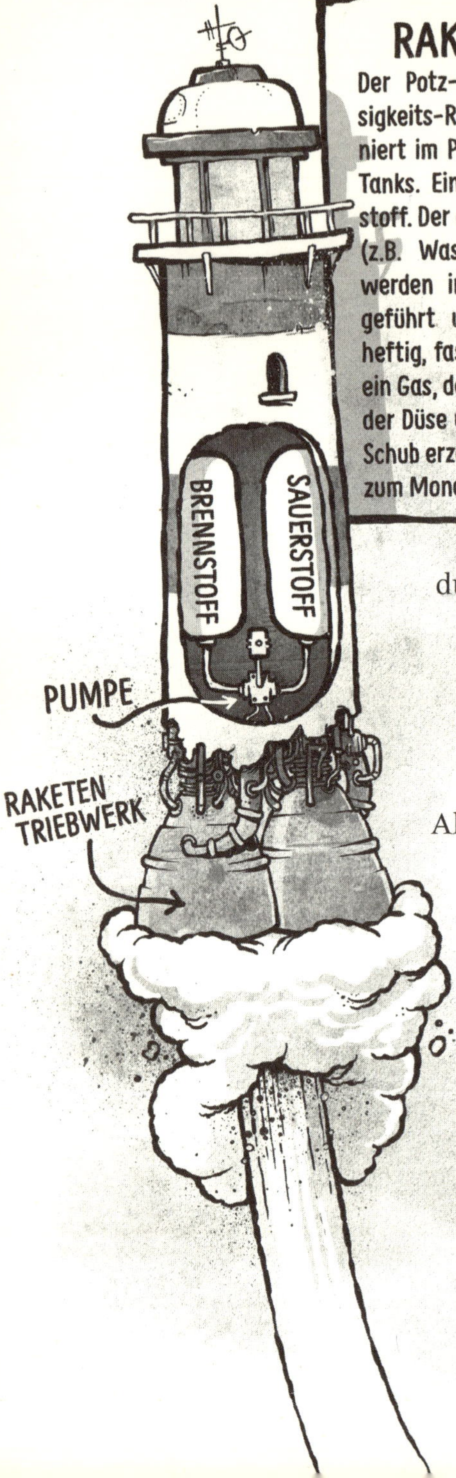

durch den Liftwurm zurück zum Coolatorium gesaugt worden. Inzwischen wartet Torpi angedockt in seiner Schleuse auf seinen nächsten Einsatz.

Allerdings muss ich zugeben, dass es Potz und Blitz gelang, uns ganz zum Schluss doch noch total zu überraschen. Da war nämlich noch die Sache mit dem Leuchtturm. Wir dachten ja, dass unter dem Leuchtturm Sprengstoff gelagert wurde. Kataklysmisch-tetra-tonares Minimus-Nitrat. Stimmte aber nicht.

Da befand sich kein Sprengstoff. Weder ein Fingerhut voll noch tausend Tonnen. Diese schwarzen, nach oben schmaler werdenden Zylinder waren auch keine Lagerräume oder Silos. Die Dinger stellten was total anderes dar, und Chip war es hinterher superpeinlich, dass er die Sache nicht gleich durchschaut hatte. Tja, Chip, auch ein Genie macht Fehler.
Der Grund, weshalb sich Bert-Bonzo Potz und Pyroklastus Blitz mit dem Torpophin vom U-Boot Richtung Leuchtturm absetzten, war ein ganz einfacher: Sie wollten verduften.
Aber nicht ZUM Leuchtturm, sondern MIT dem Leuchtturm.
Ihr habt euch NICHT verlesen. Sie wollten MIT dem Leuchtturm abhauen. Sie wollten sich in LUFT auflösen. Die schwarzen Zylinder waren nämlich die TRIEBWERKE der RAKETE, in die Pyroklastus Blitz mit seinen Technikern den Leuchtturm verwandelt hatte. Das fürchterliche Fauchen, das Chip und ich in der Nacht gehört hatten, als wir um den Leuchtturm kreisten, war ein Triebwerkstest gewesen.
Erinnert ihr euch?
Mit dieser Leuchtturmrakete wollten sich Potz und Blitz aus dem Staub machen. Als sich der Torpophin dem Leuchtturm näherte, hörten wir plötzlich wieder dieses Fauchen.
Und dann sahen wir es: Feuer schoss aus dem Fuß des Turms, und schwarzer Rauch stieg auf.
Endlich erkannten wir die Rakete. Potz und Blitz wollten zum Mond oder zum Mars fliegen. Sehr weit weg jedenfalls. Dorthin, wo man sie NIEMALS hätte gefangen nehmen können.

Doch der Versuch scheiterte.
Blitz steuerte die Rakete mit einem Funkgerät und wollte damit auch die Triebwerke zünden. Aber als unser Liftwurm zuschnappte, blieben die Funkbefehle aus. Der Start der Rakete schlug fehl, die Triebwerke heulten nur einmal kurz auf, und der Turm schwankte, blieb aber, etwas schief, stehen. Rauch stieg zum Himmel und war kilometerweit zu sehen. Potz und Blitz hatten endgültig verloren. Und die im Leuchtturm verbliebenen Mitarbeiter der AG wurden von Müller-Pieps Leuten festgenommen. Das war dann das Ende des Abenteuers.
Chip, Nudel und ich kehrten todmüde nach Hause zurück. Es war Mittag. Meine Eltern kamen zum Glück erst nachmittags heim. Ich schlief ein bisschen, sah aber total käsig aus.
»Bist du krank?«, fragte Mama besorgt, als sie mein Zimmer betrat. Sie weiß ja nichts von meinem Doppelleben als AGENT VON PANZER.
»Fühl mich ein bisschen flau«, sagte ich. »Ich bleibe liegen.«
Mama nickte. Dann meinte sie: »Heute Nacht hat es im Leuchtturm gebrannt. Da haben sich wohl Leute aufgehalten. War grad in den Nachrichten. Ist jetzt alles abgesperrt. Merkwürdig.«
»Leute?«, fragte ich.
»Ja«, sagte sie – und seufzte. »Was manche Menschen nachts so treiben.«
Sie lächelte. »Manchmal bin ich richtig froh, dass du mein Kleiner bist und nicht auf dumme Gedanken kommst.«
Sie wuschelte mir durch die Haare.

Ich sagte jetzt besser nichts.

»Schlaf noch ein bisschen. Ich mach dir Tee mit Honig. Und wenn du ausgeschlafen hast, lies ein Buch. Das ist viel besser, als Unsinn zu machen. Ich hoffe, du kommst nie auf solche dummen Ideen!«

»Nein, Mama, natürlich nicht«, sagte ich.

Sie nickte beruhigt und ging aus dem Zimmer.

Ich bin dann ein bisschen rot geworden.

KEINE PAUSE
(SO HEISST DIE KÜRZESTE ALLER PAUSEN)
DENN:

DAS BUCH
IST HIER ZU ENDE

Ach ja, das hab ich noch vergessen. Die Sache mit dem Erdbeben hat sich später aufgeklärt. Nudel hatte es irgendwie geschafft, den Hauptcomputer des Coolatoriums dermaßen zu verstellen, dass schon kleine Erschütterungen für mächtige Ausschläge auf unserem Seismographen sorgten. Als Potz und Blitz draußen im Meer ihre Warnbombe zündeten und Chip dachte, ganz Kniebelstedt müsste aus den Federn fallen, war in der Stadt gar nichts zu spüren. Die Warnbombe war sehr viel schwächer gewesen, als wir angenommen hatten. Potz und Blitz hatten nämlich versucht, eine möglichst gefährliche – also große – Bombe zu zünden. Ihr wisst ja, was das bedeutet. Ich sage nur: Fingerhut ...

Deshalb blieb das Erdbeben aus. Vermutlich haben sich auch Potz und Blitz über die schwache Explosion gewundert. Aber sie haben wohl gedacht, dass sie zufällig feuchten Sprengstoff genommen hatten oder so.

Professor Nitroglitz geht es wieder besser. Er hält sich nur noch selten für ein Singvögelchen. Jetzt gackert er manchmal wie ein Huhn, und Chip meint, dass er ihn auch schon hat bellen hören. Wenn er sich so weiterentwickelt, wird er bald noch zum

Affen und fängt wieder an zu forschen. Was irgendwie schade ist. Aber vielleicht forscht er dann ja über Vögel und nicht mehr über Bomben und Sprengstoff und solchen Käse. Als Singvogel war Nitroglitz echt witzig – und als Huhn fast unschlagbar. Er konnte sogar Eier legen.
Kleiner Scherz.

INHALTSVERZEICHNIS:

AUTOR: *Thomas Krüger,* geboren 1962 in Ostwestfalen, arbeitete zunächst als Journalist für Tageszeitungen und Magazine. Heute ist er Hörbuch- und Kinderbuchverleger, Autor von Krimis, in denen Laufenten ermitteln, Kinderbüchern (z.B. »Jo Raketen-Po«) und zahllosen Gedichten – u.a. »Sonette an Donald Duck«. Thomas Krüger lebt mit Familie und zwei Katzen in Bergisch Gladbach bei Köln.

ILLUSTRATOR: *Der Anton* wird 1970 in Hartford/Connecticut (USA) geboren. Mit vier Jahren kommt er nach Deutschland, wo er seither alles bemalt, was still hält: Wände, Klausuren, Autos… 1999 gründet er mit Freunden die FEEDMEE Design GmbH. Er trägt ganzjährig kurze Hosen – außer bei wichtigen Präsentationen und Gerichtsverhandlungen. *Der Anton* lebt mit Familie und zwei XXL-Katzen in Köln.

LEUCHT-
TURM
??
SCHROTTPLATZ
LAUSE
WAFFEN-
FABRIK
(VERFALLEN)
ALTE
KRÜPPEL-
KIEFER
GOLF
KNIEBELSTEDT

"GROLLFELD"
MILITÄR-
FLUGHAFEN
"PERISKOP-
TANNE"
LIFTWURM
CA. 15 KM
BISAMRATTE
(ROBO-TETRAPOD)
GOLFPLATZ
LAUSE-
INSEL
CA. 500 METER
"COOLATORIUM"

DIE DREI SUPER BRILLEN